W0418493

BLACKWATER
III
LA MAISON

BLACKWATER

L'ÉPIQUE SAGA DE LA FAMILLE CASKEY

La Crue .... 7 AVRIL 2022

La Digue .... 22 AVRIL 2022

La Maison .... 5 MAI 2022

La Guerre .... 19 MAI 2022

La Fortune .... 3 JUIN 2022

Pluie .... 17 JUIN 2022

MICHAEL MCDOWELL

BLACKWATER
III
LA MAISON

Roman

traduit de l'anglais (États-Unis)
par Yoko Lacour avec la participation
de Hélène Charrier

MONSIEUR TOUSSAINT LOUVERTURE

Ce livre a été écrit par
MICHAEL MCDOWELL (1950-1999),
dédié à « Mama El »,
traduit par YOKO LACOUR,
avec la participation de HÉLÈNE CHARRIER,
édité par DOMINIQUE BORDES,
assisté de CLAUDINE AGOSTINI, ROMANE BALEYNAUD,
THIBAUT BERTRAND, LISA FOLLIET, XAVIER GÉLARD,
FRANÇOIS GUILLAUME et DOMINIQUE HÉRODY.

Titre original : *Blackwater III: The House.*

ISBN : 9782381960470
DÉPÔT LÉGAL : mai 2022.
(9e tirage)
Illustration de couverture :

WWW.MONSIEURTOUSSAINTLOUVERTURE.COM

Résumé

Elinor Dammert, désormais membre à part entière du clan Caskey, coule des jours heureux avec son mari Oscar, d'autant qu'elle va donner naissance à sa seconde petite fille, Frances. Ce bonheur est cependant terni par le projet de la ville de faire bâtir une digue afin de se protéger d'une éventuelle nouvelle crue ; construction confiée à l'ingénieur Early Haskew. Afin de contrarier sa belle-fille, qui voit tout ceci d'un très mauvais œil, Mary-Love Caskey invite l'ingénieur à loger directement chez elle, dans la maison qu'elle partage avec sa fille, Sister. Celle-ci ne tarde pas à se rapprocher d'Early et à comploter derrière le dos de sa mère pour qu'il l'épouse. Elle trouve de l'aide dans la complicité occulte d'Ivey, la cuisinière de la famille. James Caskey, de son côté, voit débarquer sa belle-sœur, Queenie Strickland, et ses enfants. Elle prétend vouloir échapper à son mari violent, Carl, et cherche à trouver refuge chez les Caskey. Bien qu'ayant tout l'air d'une opportuniste, elle est finalement acceptée – à différents degrés –, à la suite d'une violente agression perpétrée par son mari fraîchement débarqué en ville. Elinor, quant à elle, finit par se faire à l'idée que sa bien-aimée Perdido disparaisse derrière un mur d'argile rouge – ce qui ne se fera pas sans un sacrifice.

Généalogies Caskey, Sapp, Snyder et Welles, 1928

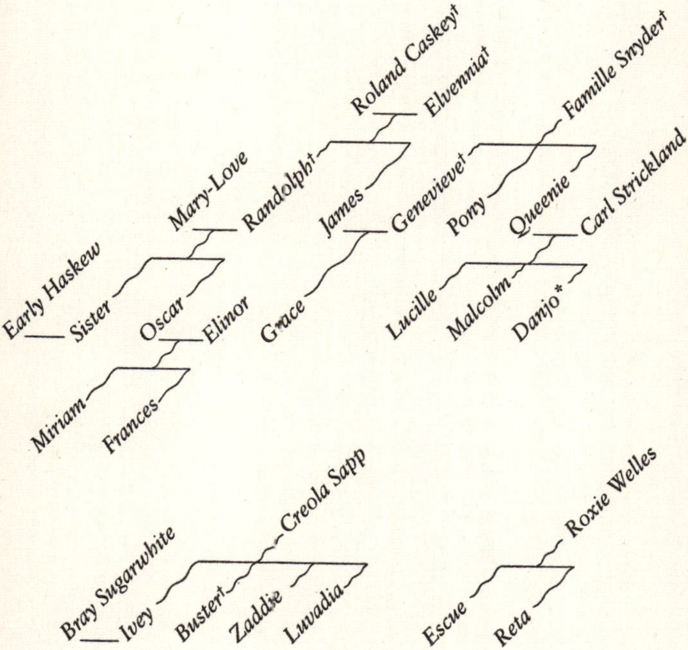

* Daniel Joseph

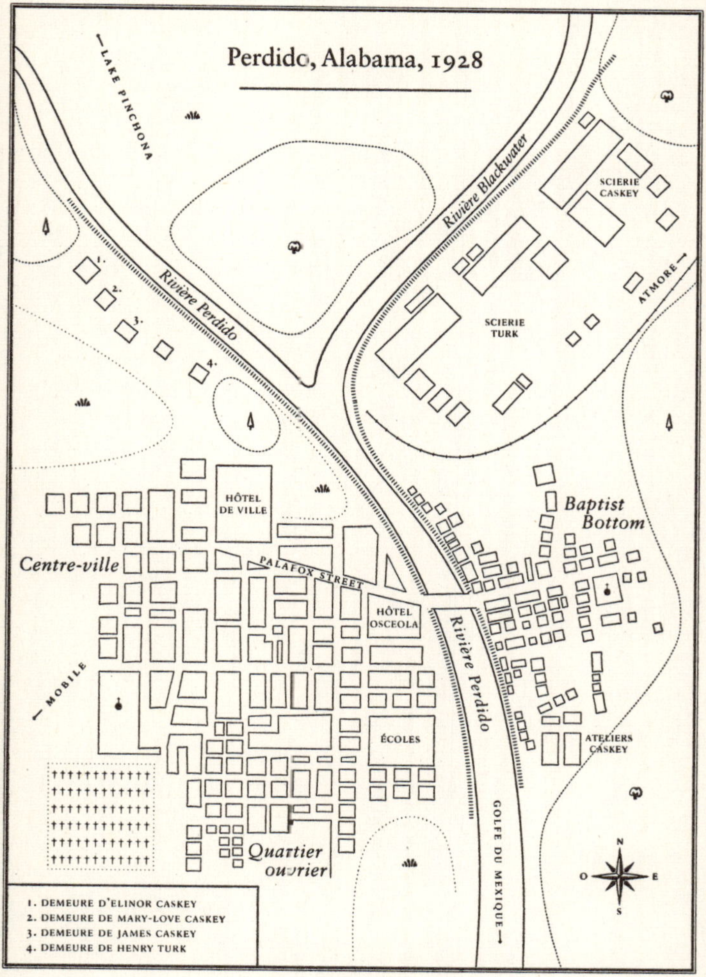
Perdido, Alabama, 1928
LAKE PINCHONA
Rivière Blackwater
Rivière Perdido
SCIERIE CASKEY
SCIERIE TURK
ATMORE
HÔTEL DE VILLE
Baptist Bottom
Centre-ville
PALAFOX STREET
HÔTEL OSCEOLA
MOBILE
ÉCOLES
ATELIERS CASKEY
GOLFE DU MEXIQUE
Quartier ouvrier
N
O
E
S
1. DEMEURE D'ELINOR CASKEY
2. DEMEURE DE MARY-LOVE CASKEY
3. DEMEURE DE JAMES CASKEY
4. DEMEURE DE HENRY TURK

MIRIAM ET FRANCES

Miriam et Frances Caskey étaient sœurs ; elles étaient nées avec à peine un an d'écart, et vivaient dans des maisons séparées d'à peine vingt mètres, pourtant, leurs deux foyers communiquaient si peu que lorsqu'elles se rencontraient sur la propriété – ce qui était rare –, elles se montraient timides et méfiantes l'une envers l'autre.

Miriam n'avait peut-être qu'un an de plus, mais elle était beaucoup plus mûre que sa cadette. Avant que Sister ne parte s'installer avec son époux, Miriam avait passé les sept premières années de sa vie à être constamment choyée et gâtée par sa grand-mère, Mary-Love Caskey, et sa tante, Sister Caskey. Ce traitement de faveur s'était même accentué depuis que Sister, écœurée au-delà de toute patience par les interférences et les manigances de sa mère, avait convaincu son mari de déménager dans le Mississippi en 1926. C'est ainsi que Mary-Love et Miriam s'étaient retrouvées seules dans leur vaste demeure, où chacune était pour l'autre la seule compagnie et l'unique source de réconfort. À en croire les habitants de Perdido, Miriam tenait de sa grand-mère et pas du tout de sa mère, laquelle, malgré la proximité, voyait sa fille moins souvent qu'elle ne voyait son coiffeur.

Comme tous les Caskey, Miriam était grande et mince. Mary-Love veillait à ce qu'elle soit toujours habillée à la dernière mode. C'était une enfant ordonnée, voire méticuleuse, qui parlait tout le temps quoique jamais fort. Sa conversation tournait essentiellement autour des choses que possédaient les autres, de celles qu'elle avait récemment acquises et de celles qu'elle convoitait. Elle avait sa propre chambre, meublée spécialement à son goût, comme avec ce petit bureau à cylindre qu'elle avait choisi elle-même dans une boutique de Mobile. Elle adorait sa multitude de petits tiroirs. À présent, chacun était rempli d'objets hétéroclites : boutons, morceaux de dentelle, bijoux de pacotille, crayons, figurines de porcelaine, paillettes, rubans, papiers colorés – toutes ces jolies petites bricoles qu'on a l'habitude de trouver dans les foyers bien pourvus. Miriam passait des heures à chercher ce genre de babioles, à les sélectionner, les ranger, les compter et les lister dans un grand cahier, tout en planifiant d'en amasser d'autres.

Néanmoins, les choses qui lui procuraient le plus de plaisir étaient celles qu'elle n'était pas autorisée à garder dans sa chambre : les diamants, les émeraudes et les perles que sa grand-mère lui offrait pour Noël et pour son anniversaire, mais aussi sans raison particulière, et mettait en sécurité dans un coffre-fort à Mobile. « Tu es trop jeune pour avoir ces bijoux, disait-elle à sa petite-fille bien aimée. Mais souviens-toi toujours qu'ils sont à toi. »

Miriam avait une vision confuse de l'âge adulte et doutait de jamais atteindre ce stade béni. D'ailleurs, peu lui importait de posséder un jour véritablement ces bijoux. La seule pensée du trésor enfermé dans un coffre-fort au loin suffisait à l'endormir chaque soir – substitut à la berceuse que sa vraie mère ne lui chanterait jamais.

Frances était différente. Alors que sa sœur était pleine d'énergie, robuste et comme en permanence parcourue d'une tension nerveuse, Frances semblait n'avoir que peu de contrôle sur son corps et sa santé. C'était une petite fille qui attrapait fièvres et rhumes avec une déconcertante facilité, développait des allergies et de mystérieuses maladies foudroyantes aussi fréquemment que d'autres enfants s'écorchent les genoux. De manière générale, elle était timide et n'aurait pas davantage songé à être jalouse de Miriam et de ce que celle-ci possédait qu'elle n'aurait eu la prétention de se déclarer reine des Amériques.

Frances passait ses journées avec Zaddie, qu'elle aidait humblement à la cuisine et accompagnait partout dans la maison, s'asseyant en silence dans un coin, les jambes soigneusement relevées tandis que la jeune domestique balayait, nettoyait et briquait. Elle était bien élevée, ne s'énervait jamais et se montrait patiente, même quand elle était malade. Elle exécutait sans rechigner – voire avec enthousiasme – les tâches et les corvées qu'on lui confiait. Sa réserve était telle que sa grand-mère, les rares fois où elle la croisait, la secouait par les épaules et la sermonnait : « Remue-toi, mon enfant ! Allez, du cran ! On dirait que tu as peur qu'on te saute dessus de derrière chaque porte ! »

Tous les jours, Frances se faufilait dans la véranda à l'étage de chez elle pour regarder en secret sa sœur partir à l'école. Vêtue d'une robe impeccablement repassée et de jolies chaussures vernies, Miriam sortait de sa maison, ses livres de classe sous le bras, et prenait place à l'arrière de la Packard. Mary-Love sortait à son tour sous le porche et criait : « Bray, c'est l'heure de conduire Miriam à l'école ! » Le domestique, généralement en train de jardiner, s'époussetait les mains et montait dans l'auto, où Miriam se tenait aussi raide et digne que si elle avait été en chemin pour rencontrer la reine d'Angleterre. L'après-midi, quand Bray s'éloignait une nouvelle fois à bord de l'auto, Frances se remettait à son poste d'observation pour guetter le retour de sa sœur, qui serait aussi raide et apprêtée qu'à son départ le matin même.

Frances n'était pas jalouse d'elle. Au contraire, elle l'admirait et chérissait le souvenir des rares occasions où Miriam lui avait adressé un mot gentil. Elle portait autour du cou la fine chaîne en or que Miriam lui avait offerte le Noël précédent. Quelle importance si, plus tard, sa sœur lui avait soufflé : « C'est grand-mère qui l'a choisie. Ivey a trouvé une boîte. Elles ont écrit ton nom dessus comme si ça venait de moi, mais ce n'était pas le cas. Je n'aurais jamais dépensé autant d'argent pour toi. »

En cet automne 1928, Frances brûlait d'impatience d'entrer au cours préparatoire. Pour tuer le temps, elle n'avait cessé de se demander si oui ou non, elle aurait le droit d'aller à l'école avec Miriam et Bray. Elle n'osait pas poser la question à ses parents de peur d'une réponse négative. Elle frémissait d'excitation à la seule pensée d'avoir le droit de s'asseoir dans l'auto à côté de sa sœur. Frances ne rêvait que de nouer un peu d'intimité avec Miriam.

Le jour de la rentrée arriva enfin. Zaddie habilla Frances de sa plus belle robe, Oscar embrassa sa fille et Elinor lui dit de bien se tenir et d'écouter la maîtresse. Pleine d'appréhension, Frances passa seule la porte d'entrée – pour la première fois de sa vie, lui sembla-t-il – seulement à temps pour voir la Packard de sa grand-mère s'éloigner sur la route avec un vrombissement. Impeccable et altière comme à l'accoutumée, Miriam était assise seule à l'arrière.

Frances se laissa tomber sur les marches et fondit en larmes.

Oscar traversa la cour jusqu'à la maison de sa mère, entra sans frapper et d'une voix furieuse lança à Mary-Love :

« Comment as-tu pu dire à Bray de s'en aller en laissant la pauvre Frances sur le perron ?

— Ah ? répondit-elle, feignant la surprise. Frances avait l'intention d'y aller avec Miriam ?

— Enfin, c'est son premier jour d'école ! Miriam aurait pu l'aider à trouver sa classe.

— Non, elle n'aurait pas pu, dit précipitamment Mary-Love. Elle se serait mise en retard. Et je ne peux pas la laisser arriver en retard pour la rentrée.

— Elle n'aurait jamais été en retard... soupira Oscar. Regarde ta pauvre petite-fille, elle pleure, là-dehors.

— Je n'y suis pour rien, rétorqua Mary-Love sans s'émouvoir.

— Maman, est-ce que tu vas laisser ma fille aller à l'école avec Miriam et Bray maintenant ? »

Mary-Love réfléchit un instant à la question. Puis répondit à contrecœur :

« Puisqu'elle insiste. Mais seulement si elle est déjà dans la voiture quand Miriam passe la porte.

Je ne veux pas que Miriam ait des mauvais points juste parce que Frances est incapable de s'habiller à temps !

— Maman, tu oublies que je paie la moitié du salaire de Bray.

— Tu oublies qu'il s'agit de *mon* auto. »

Oscar était fou de rage. En ce jour de rentrée, il emmena lui-même sa fille à l'école, l'accompagna jusqu'à sa classe et la présenta à son institutrice. Au dîner ce soir-là, il raconta à sa femme l'échange avec Mary-Love.

« Oscar, répondit-elle, ta mère traite Frances comme un chien. Quand je pense au nombre de diamants qu'elle achète à Miriam ! Combien cette gamine vaut-elle en rubis et en perles ? La chaîne qu'elle a offerte à Frances valait à peine soixante-quinze *cents* ! Je ne laisserai pas Mary-Love nous faire la moindre faveur. Frances ne montera pas à bord de cette auto... jamais ! Comme ça, les gens en ville verront la façon dont Mary-Love traite sa petite-fille ! »

Frances, qui avait nourri tant d'espoir à l'idée de se rapprocher de sa sœur, vit ses rêves d'intimité partir en fumée. Tous les matins, Zaddie prenait Frances par la main et l'accompagnait à l'école, jusqu'à la porte de sa classe. Il arrivait que Bray, au volant de la voiture, les dépasse en chemin, mais Miriam ne la saluait jamais. Pendant la récréation, elle refusait de prendre part aux jeux de sa sœur. « Je suis grande, dit-elle un jour où elle avait consenti à lui parler. Et je connais *tout ça* plus que toi ! », avait-elle conclu en écartant les bras au maximum. Frances avait été anéantie par le sentiment de son écrasante infériorité.

Ayant conscience du désintérêt de sa grand-mère pour son autre petite-fille, Miriam s'était mise à mépriser ouvertement sa sœur. Elle était embarrassée par sa timidité, sa garde-robe moins magnifique que la sienne, sa dépendance affective à Zaddie et son ignorance en matière de bijoux, de pierres précieuses et de porcelaine de qualité.

Ce mépris s'intensifia au cours des premières semaines de décembre, lorsque les petites classes de l'école primaire de Perdido organisèrent leur vente annuelle de timbres de Noël. Aux yeux de Miriam, s'abaisser au porte-à-porte comme un vulgaire démarcheur était indigne de son rang. Aussi décida-t-elle de faire ce qu'elle avait fait l'année précédente : vendre pour quelques dollars de timbres à sa grand-mère et à Queenie, seulement pour éviter un zéro à côté de son nom sur le tableau noir accroché dans le couloir.

Frances, elle, prit tout ceci très au sérieux – à sa modeste façon – et eut à cœur de vendre autant de timbres qu'elle le pouvait. Après tout, sa maîtresse lui avait dit que c'était pour la bonne cause. Avec la permission d'Oscar, elle fit le tour de la scierie et alla voir tous les ouvriers. L'enfant était si réservée, si polie et si charmante à sa façon bien particulière, que tout le monde lui en prit beaucoup. Son grand-oncle, James, et sa grand-cousine, Grace, lui en achetèrent ensuite plus que tous les employés de la scierie réunis. Avant qu'elle réalise quoi que ce soit, la fillette avait vendu plus de timbres que n'importe qui à l'école.

Le succès de Frances surprit et humilia Miriam. Soudain, rien ne comptait plus que battre sa sœur à la vente de ces timbres. Ne comprenant pas l'importance que revêtait l'affaire, Mary-Love refusa d'en acheter davantage. Miriam se résolut donc à frapper chez James et Grace, qui s'excusèrent de ne pouvoir lui rendre ce service, car ils en avaient déjà plus qu'il ne leur en fallait. Sur le conseil de James, elle se rendit ensuite à la scierie, où malheureusement tout le monde avait déjà ouvert son portefeuille à Frances. Ravalant sa fierté, elle alla jusqu'à frapper à quelques portes, mais la vente avait commencé depuis un moment et ceux qui auraient pu être persuadés d'acheter des timbres l'avaient déjà fait.

De désespoir, elle courut chez sa grand-mère et lui raconta toute l'histoire. Contrairement à ce qu'elle pensait, Mary-Love ne se mit pas en colère contre elle.

« Ma chérie, tu es en train de me dire que cette gamine qui vit à côté va te battre alors qu'elle est inférieure à toi ?

— James et Grace lui en ont acheté tellement, grand-mère ! Ils n'ont pas voulu m'en prendre un seul !

— Ils n'ont pas voulu ? Et ils en ont acheté à Frances ? »

Miriam acquiesça.

« Je déteste Frances, ajouta-t-elle sombrement.

— Il est hors de question que la fille d'Elinor Caskey te devance ! Pour combien en a-t-elle vendu jusqu'à maintenant ? Tu le sais ?

— Trente-cinq dollars et trente-cinq *cents*.

— Et toi ?

— Trois dollars et dix *cents*.

— Quand est-ce que la vente se termine ?

— Après-demain.

— Très bien, dit Mary-Love en baissant la voix. Écoute-moi, Miriam. Demain après l'école, tu vas te renseigner pour savoir si Frances en a vendu d'autres, puis tu viendras me le dire, d'accord ? »

C'est ainsi qu'au dernier jour de la vente, Miriam Caskey arriva en tête avec quarante-deux dollars – une somme étonnante compte tenu du fait que tout Perdido avait désormais des timbres à ne plus savoir qu'en faire, et que jusqu'à présent Miriam n'avait rapporté qu'un peu plus de trois dollars. Lorsque son institutrice lui demanda qui en avait acheté autant, Miriam répondit : « J'ai toqué à toutes les maisons de la ville. J'ai marché jusqu'à ce que je n'aie plus de jambes ! »

Les sœurs Caskey arrivèrent première et deuxième au concours, mais Miriam battit Frances de presque sept dollars. Elle remporta une bible dotée de six illustrations en couleur dans laquelle chaque parole du Christ était imprimée en rouge. Frances reçut une boîte de chocolats Whitman.

Après la remise des prix, Frances ouvrit sa boîte de friandises et la tendit à sa sœur, lui offrant d'en prendre autant qu'elle voulait. Lorsque Miriam mordit dans le bonbon le plus gros, de la liqueur de cerise coula sur sa robe parfaitement repassée. « Oh non ! s'écria-t-elle. C'est ta faute, Frances ! Regarde dans quel état je suis maintenant ! » D'un geste sec de la main, elle donna un coup à la boîte que tenait Frances, renversant tous les chocolats dans la poussière de la cour de récréation.

La rivalité entre les deux sœurs était représentative de l'incroyable animosité que nourrissaient l'une envers l'autre Elinor et Mary-Love. C'était comme si les fillettes avaient rejoué, en modèle réduit, la relation passionnelle qui se jouait entre leur mère et leur grand-mère. Mary-Love était le chef de la famille Caskey, position à laquelle elle avait accédé à la mort de son époux Randolph des années auparavant. Avant l'arrivée d'Elinor Dammert à Perdido, personne n'avait jamais défié son autorité. Faisant preuve d'une obstination et d'une pugnacité comparables aux meilleures armes de Mary-Love, Elinor s'était arrangée pour être courtisée et épousée par Oscar, le seul fils de la matriarche.

Les deux femmes avaient des styles différents. Au contraire des actions bravaches de Mary-Love, Elinor agissait de façon plus insidieuse. Elle prenait son temps. Ses frappes étaient rapides, nettes et toujours inattendues. Mary-Love savait cela, si bien que les années passant, elle était devenue nerveuse, comme dans l'attente du coup fatal. Son antipathie envers sa belle-fille s'était muée en haine féroce. Les commérages allaient bon train à Perdido, et ils étaient toujours contre Mary-Love. C'était une chose de ne pas aimer la femme de son fils, c'en était une autre de rendre cette aversion publique. Mary-Love avait fini par comprendre qu'il ne servait à rien d'attaquer sa belle-fille de front. Elinor restait calme, comme au-dessus des peccadilles qui occupaient tant l'esprit de sa rivale. Par stratégie, elle faisait mine de battre en retraite, avant de brandir son épée au moment où l'autre criait victoire. Aussi, tel un général en déroute, Mary-Love décida-t-elle de se retirer du champ de bataille, sans pour autant capituler.

En Miriam, Mary-Love voyait un petit soldat zélé, cruel et assoiffé de sang. Frances, la représentante d'Elinor, était par comparaison un ennemi souffreteux, innocent et sans défense. Une dispute entre les deux sœurs assurerait sans conteste le triomphe du camp de Mary-Love. Tous les jours, elle habillait Miriam des plus belles robes et des plus brillantes chaussures, l'embrassait sur les joues et lui chuchotait : « Pas de quartier. »

Or, ni Miriam ni sa grand-mère ne retiraient la moindre satisfaction de ces victoires faciles, car Frances ne ripostait jamais. Perplexe, elle regardait autour d'elle, sans se rendre compte qu'elle s'était aventurée dans une arène. Si elle l'avait jugé nécessaire, Elinor aurait enseigné à sa fille les rudiments du combat et de la stratégie, pourtant elle n'en avait rien fait. Les citoyens de Perdido se perdaient en conjectures à propos des deux fillettes, comme ils l'avaient jadis fait avec Elinor et Mary-Love. Leur conclusion fut que Miriam était désagréable et prétentieuse, tandis que Frances était serviable et douce comme un agneau. *Voilà* qui en disait long sur les foyers où elles avaient grandi.

Ainsi, en envoyant sur le terrain un émissaire sans armes, sans défense, inconscient même du fait qu'une guerre avait été déclarée, Elinor avait gagné la bataille. Combien de temps faudrait-il, se demandait avec crainte Mary-Love, avant que sa belle-fille envahisse la citadelle et prenne la tête du clan Caskey ? Pourquoi ne l'avait-elle pas encore fait ? Si elle attendait un quelconque signe ou augure, quel était-il ? Comment Mary-Love allait-elle se préparer à faire face à ce jour inévitable ?

Et lorsque viendrait cette ultime bataille, quel camp aurait à déplorer le plus grand nombre de victimes ?

LES PIÈCES DANS LA POCHE DE QUEENIE

Après une arrivée tumultueuse six ans plus tôt, Queenie s'était durablement installée à Perdido. Ses enfants et elle n'étaient plus uniquement considérés comme les parents pauvres des Caskey. Personne n'ignorait que son troisième enfant, Daniel Joseph – surnommé Danjo depuis sa naissance – était le fruit d'un viol, celui qu'elle avait subi de son époux dont elle était séparée. On savait aussi que cet homme était un voyou, que Queenie ne voulait plus jamais en entendre parler, et qu'il était préférable pour Danjo de grandir sans avoir vu ne serait-ce qu'une photographie de lui.

Parmi les habitants de Perdido, Queenie avait acquis la réputation de parasite, un qualificatif qui, même s'il n'était pas dénué de fondement, lui était insupportable. Peu après la naissance de Danjo, elle avait annoncé à James son intention de chercher du travail. Ne souhaitant à personne de porter un fardeau qu'il considérait comme le sien, James embaucha Queenie comme secrétaire personnelle. Il se sentait à ce point responsable du sort de son infortunée belle-sœur qu'il ne se posa pas la question de savoir quelles conséquences aurait son manque d'expérience et leur proximité quotidienne à la scierie.

L'été 1925, il l'envoya suivre une formation de dactylographie à l'université de Pensacola, lui offrant par la même occasion un repos mérité face aux demandes incessantes de Malcolm, Lucille et Danjo. Loger chez lui ces enfants agités n'était pas envisageable – sa maison contenait trop de jolies choses fragiles –, aussi chargea-t-il Grace de veiller sur eux chez Queenie.

À son retour, Queenie excellait dans la saisie et devint rapidement indispensable à son beau-frère, prodiguant crayons, café et conseils, offrant une oreille attentive autant qu'un barrage efficace contre les appels intrusifs. Elle se révéla plus précieuse que James n'aurait pu l'imaginer, tant du point de vue professionnel que privé, si bien qu'elle en vint rapidement à connaître tout ce qu'il y avait à savoir sur la gestion de la scierie. Et puisque Queenie était proche d'Elinor, cette dernière apprit à son tour le peu que son mari ne lui avait pas encore dit. Déjà bien engagée sur cette voie, Queenie demeurait plus que jamais une espionne au service d'Elinor.

Cette intimité renforcée avec James et Elinor l'aida aussi à gagner de la confiance en elle, ce qui lui permit de s'apaiser. Au cours de sa première année à Perdido, elle n'avait pas hésité à se montrer hypocrite pour obtenir ce qu'elle voulait : elle s'était extasiée devant l'argenterie de James, avait décrié avec Elinor la construction de la digue et approuvé vigoureusement les torts dont Mary-Love se croyait victime. Mais elle avait également compris à quelle vitesse les Caskey avaient vu clair dans son jeu, aussi prenait-elle désormais soin de se faire son propre avis et d'exprimer ses sentiments avec la plus grande parcimonie. L'honnêteté s'était révélée de loin la meilleure stratégie, quoique Queenie l'emploie de la même façon qu'elle s'était servi de l'hypocrisie : comme un moyen d'arriver à ses fins, et non comme une chose digne d'être appréciée pour elle-même.

Dès lors que son principal problème fut résolu – Carl Strickland semblait parti pour ne plus jamais revenir –, il lui resta d'autres épines dans le pied : ses enfants. Ses pires inquiétudes concernaient son aîné, Malcolm. Âgé de dix ans, il avait commencé le cours moyen et ne résistait à aucune bêtise. Il cassait les fenêtres des maisons abandonnées, volait des petites choses au *Ben Franklin* et allait nager dans la Perdido, à l'endroit où bien évidemment il risquait d'être englouti par le tourbillon. Il jetait du sable sur la moustiquaire de la cuisine d'Elinor pour embêter Zaddie et faisait tomber les plantes des institutrices du rebord des fenêtres, juste pour le plaisir d'entendre les pots se fracasser en contrebas. Il lançait des pommes de terre aux petites filles et chipait les billes de ses copains. Il était bruyant et tapageur. Il insultait tous les enfants noirs qui croisaient sa route et continuait à donner des coups de poing à son frère et à sa sœur dès que l'occasion se présentait. Chaque fois que le téléphone sonnait dans les bureaux de James, Queenie redoutait que ce ne soit encore un appel pour se plaindre du comportement de son fils.

À huit ans, Lucille causait moins de tracas à sa mère, mais ce n'était pas non plus un enfant de chœur. Elle était sournoise, quoique Queenie n'eût jamais osé l'avouer, même à Elinor. Elle mentait par intérêt et ne pouvait se coucher sans chuchoter à sa mère quelque tort que lui aurait fait son frère. Quand elle décidait qu'il lui fallait une nouvelle paire de chaussures, elle n'hésitait pas, afin d'obtenir ce qu'elle voulait, à monter au sommet de la digue – en dépit de toutes les interdictions – et à jeter dans l'eau boueuse l'un de ses plus beaux souliers en cuir.

Concernant son benjamin, Danjo, quatre ans, Queenie nourrissait de grands espoirs. Il était incroyablement différent des deux autres, il ne leur ressemblait même en rien. Il était calme, silencieux, honnête, agréable et bien élevé. C'était comme si son être avait été assagi par la connaissance innée des circonstances dramatiques de sa conception. Il était le seul des enfants de Queenie que James autorisait à entrer chez lui ; le seul que Mary-Love prenait dans ses bras et embrassait ; le seul qu'Elinor invitait à s'asseoir à ses côtés sur la balancelle. Danjo se comportait comme s'il ne devait la vie qu'à la bonne grâce du monde, et qu'à la moindre incartade ou parole déplacée, des centaines de mains le soulèveraient de terre pour le balancer sans pitié dans la rivière. Un autre point qui selon l'opinion générale jouait en sa faveur : ni son frère ni sa sœur ne l'appréciaient. Il n'était pas rare qu'au cours du bain du soir, Queenie découvre un nouveau bleu ou une marque de pincement que lui avait subrepticement infligés Malcolm ou Lucille. À l'école, les instituteurs poussaient un soupir de soulagement lorsque Malcolm passait à la classe supérieure, ils supportaient avec une morne résignation la présence chafouine de Lucille, mais tous se consolaient avec la même pensée : « Seigneur, comme je suis impatient d'avoir le précieux petit Danjo ! Après les deux autres Strickland, quelle récompense ! »

Queenie ne savait rien des allées et venues ou des agissements de son mari. Puisqu'il n'était pas réapparu, pensait-elle, il y avait fort à parier qu'il en avait été empêché par les barreaux et les murs d'une prison. Or, même si elle savait que James et

Oscar, qui étaient déjà venus à sa rescousse, la protégeraient de Carl, elle continuait à craindre qu'il ne la prenne par surprise. La nuit, sa maison était mieux fermée qu'aucune autre en ville, et un cambrioleur se serait plus facilement introduit dans la banque de Perdido que chez elle. Lorsque Queenie s'installait sous son porche, elle prenait toujours garde de s'assurer un moyen de fuir, au cas où elle verrait Carl arriver par la route. Elle tremblait sitôt qu'une voiture inconnue se garait devant chez elle et redoutait chaque visite du facteur qui pourrait lui livrer un message de son mari. Elle détestait décrocher le téléphone de peur d'entendre sa voix à l'autre bout du fil.

Aucune de ces précautions ne lui fut de la moindre utilité. Lorsque Carl revint, elle était aussi peu préparée que si elle n'avait jamais songé à son retour.

Alors qu'elle rentrait du travail un après-midi, elle le trouva tranquillement assis sous son porche. Otage malheureux, Danjo était sur ses genoux. Lucille et Malcolm s'étaient barricadés dans la maison et faisaient des signes désespérés à leur mère à travers la porte moustiquaire.

« M'man ! On a fermé à clé. On veut pas le laisser entrer ! », cria Malcolm lorsque Queenie gravit les marches.

« Salut, Queenie, dit Carl d'une voix doucereuse. Comment va ? »

Il portait un costume dans lequel il semblait mal à l'aise.

Queenie eut brusquement l'impression que le poids du monde s'abattait sur ses épaules. Elle prit conscience de combien elle avait été heureuse ces cinq dernières années, cinq années où elle n'avait connu aucun moment de *réelle* inquiétude, n'avait jamais manqué d'argent, de compagnie, ou – elle fut surprise de s'en rendre compte pour la première fois – de respect. En voyant son mari, tout ceci disparut instantanément.

« Qu'est-ce que tu fais ici, Carl ?

— Je suis venu te voir. D'où il vient, ce petit gars ? »

Elle ne répondit pas.

« Tu t'es sentie seule, Queenie ? fit-il avec un sourire mauvais.

— Pas un instant », répondit-elle en faisant signe à Lucille et Malcolm de s'éloigner de la porte.

Ils reculèrent de quelques pas, mais revinrent dès que leur mère eut le dos tourné. Queenie s'assit sur le siège à bascule face à Carl.

« Rends-moi mon bébé, dit-elle.

— À qui il est ? demanda-t-il sans lâcher Danjo.

— À toi.

— T'es sûre, Queenie ? Peut-être bien que tu te trompes.

— Je sais ce que je dis. Danjo, viens ici.

— Embrasse ton papa, dit Carl à l'enfant, qui d'une secousse se libéra de son étreinte et courut dans les bras de sa mère.

— Où tu étais ? demanda Queenie sans regarder son mari, mais l'autre côté de la rue.

— Ici et là.

— Quelle prison ?

— Tallahassee, dit-il avec un large sourire.

— Qu'est-ce que tu as fait cette fois ?

— T'occupe. »

Queenie resta silencieuse, avant de lancer :

« Carl, je veux que tu t'en ailles. Malcolm, Lucille, Danjo et moi on n'a pas besoin de toi. On ne veut pas de toi.

— Je peux pas abandonner ma famille, Queenie. Tu me prends pour qui ?

— Je ne veux pas qu'on se dispute, dit-elle, la lassitude et le désespoir envahissant sa voix. Je veux juste que tu quittes cette ville et que tu ne reviennes plus jamais.

— Ah non, Queenie, tu te débarrasseras pas de moi comme ça. Je suis ton mari, j'ai des droits. Mes enfants, ici, ils ont besoin de moi. Ce Malcolm, c'est un bon petit gars, c'est moi qui te le dis ! Et Lucille, quelle poupée… Je vais t'aider à élever le petit Danjo comme il faut. »

Queenie se leva et se dirigea vers la porte. Carl se leva d'un bond et la suivit.

« Ouvre la porte, ordonna Queenie à Malcolm, tout en portant Danjo dans ses bras.

— Je veux pas qu'il entre ici ! cria Lucille.

— Ma puce ! dit Carl.

— Ouvre la porte », répéta Queenie.

Malcolm obéit à contrecœur. Queenie entra dans la maison, suivie par Carl.

« Où est ton sac ? demanda-t-elle.

— Sous le porche. Tu l'as pas vu ?

— Je l'ai vu, dit-elle en sortant son porte-monnaie de sa poche pour en sortir un billet de cinq dollars. Prends-toi une chambre à l'*Osceola* avec ça. »

Carl lui arracha le billet des mains.

« Je vais l'utiliser, compte sur moi, mais pas dans un hôtel. Je reste ici.

— Non.

— Si », dit-il en lui saisissant le bras et en le serrant fort.

Queenie se crispa sous la douleur, mais ne dit rien. Carl glissa le billet dans sa poche et lâcha sa femme.

« Si tu savais comme j'ai soif, Queenie, reprit-il sur le ton de la conversation. Tu m'amènerais pas un verre de thé glacé ? »

Il s'assit sur le canapé et fit signe à ses enfants d'approcher. Les yeux de Queenie se posèrent sur son mari, mais ils n'exprimaient rien qu'il puisse déchiffrer. Elle entra dans la cuisine tout en s'adressant à sa fille : « Lucille, j'ai besoin que tu m'aides. »

Tandis que les garçons, assis de part et d'autre de Carl, répondaient avec gêne à ses questions, Queenie chuchota à sa fille : « Sors par-derrière et cours dire à Elinor que ton père est revenu. Elle saura quoi faire. »

Lucille s'en alla aussitôt, faisant claquer la porte dans son dos. Quelques instants plus tard, Carl entra dans la cuisine.

« Où c'est que ma fille est allée ?

— Chez les Caskey, pour leur dire que tu étais là.

— Comme ça ils vont pouvoir venir me saluer, me dire comme ils sont contents de me revoir.

— Non, comme ça ils pourront te faire quitter la ville. Par le train. Attaché sur le dos d'une mule ou sur un rondin de bois dans la rivière.

— Ils m'ont déjà fait partir une fois, chérie, mais j'ai manqué de jugeote. Depuis, j'ai appris deux trois trucs en taule. Maintenant, y en a là-dedans... Aux yeux de la loi, je suis ton mari. Je vais rester ici pour t'aider à élever nos précieux bébés. J'ai envoyé Malcolm chercher mes affaires. Les Caskey peuvent rien faire. Je suis ici et j'y reste, Queenie. Je regarde autour de moi et qu'est-ce que je vois ? Je vois une jolie maison. Je vois mes enfants et ma femme. À manger plein les placards. Alors pourquoi diable j'irais ailleurs ? »

Queenie ne répondit pas. Elle lui tendit son thé glacé et sortit de la cuisine pour revenir dans le salon. Sur le canapé, Danjo pleurait doucement.

Il ne fut pas facile de se débarrasser de Carl Strickland. Lorsque Oscar vint lui parler, il répondit : « C'est toi qui vas me jeter dehors ? Elle est où ton arme ? Tu vas me flinguer ? Il est où ton shérif ? Il va me faire arrêter pour avoir rendu visite à ma petite femme ? Il va me foutre en taule pour avoir fait sauter mon gamin sur mes genoux ? »

Lors de la dernière visite de Carl à Perdido, c'était Aubrey Wiggins qui faisait régner l'ordre. Il avait aidé Oscar à se débarrasser de Carl. Mais Aubrey était mort, et Charley Key avait repris le poste. Charley était le shérif le plus jeune qu'ait connu Perdido. Il était impulsif et se vexait pour un rien. Ce qu'il détestait par-dessus tout, c'était de se sentir redevable envers qui que ce soit. Dans quelques années, disait-on, il prendrait du plomb dans la cervelle et les choses se régleraient avec la douceur et l'aisance qui avaient caractérisé le mandat de son prédécesseur. Mais pour l'heure, l'homme de loi n'écoutait pas un mot de ce que disait Oscar :

« Monsieur Key, j'ai besoin d'un coup de main avec le mari de Queenie Strickland. C'est un voyou, il faut trouver un moyen de lui faire quitter la ville.

— Qu'est-ce qu'il a fait ?

— Il lui cause des ennuis.

— Quel type d'ennuis, Monsieur Caskey ?

— Il s'est installé de force chez elle.

— Ils ne sont pas mariés ?

— Si.

— Alors qu'est-ce qui l'en empêche ? Un mari et sa femme se doivent de vivre ensemble. En tout cas, c'est ce que j'ai toujours entendu dire.

— James et moi souhaitons qu'il s'en aille. Il rend Queenie malheureuse. Et Queenie compte beaucoup pour nous, Monsieur Key.

— Je connais Queenie Strickland, répondit le shérif. Et je l'apprécie. Je n'ai pas encore rencontré son mari. Où il était ?

— Au pénitencier de Floride, dit Oscar à voix basse, car ça ne se savait pas à Perdido et il espérait que son ton inciterait le shérif à garder l'information pour lui.

— Qu'est-ce qu'il a fait ?

— Je n'en ai pas la moindre idée. Tout ce que vous pourriez imaginer, sans doute.

— Mais il a purgé sa peine et il est en liberté maintenant ?

— C'est ce qu'il dit.

— Alors il n'y a rien que je puisse faire.

— Il rend Queenie vraiment *très* malheureuse, Monsieur Key.

— Y a beaucoup de mariages malheureux. Ce n'est pas mon rôle de m'interposer entre un mari et sa femme. Mais je vais vous dire ce que je vais faire : je vais appeler la prison de Tallahassee pour m'assurer qu'il ne s'est pas évadé. Si c'est le cas, j'irai l'arrêter moi-même. Autrement, il n'y a vraiment rien que je puisse faire, Monsieur Caskey. »

Le shérif souhaitait montrer à Oscar et aux autres Caskey que, malgré leur fortune et leur statut social, au regard de la loi, ils ne jouissaient d'aucun traitement de faveur. Oscar comprenait cela, mais il savait aussi que Queenie serait la seule à pâtir de l'obstination procédurière de Key. Aussi décida-t-il de couper court à la conversation. Il retourna chez lui, où sa femme et Queenie l'attendaient, et leur fit part de la décevante nouvelle.

Elinor s'emporta, mais cette colère ne changerait rien pour Monsieur Key, et sans lui, rien ne pouvait être fait.

« Cet homme a fait de ma vie un enfer à Nashville, dit Queenie à Oscar et Elinor, et il va me la gâcher ici aussi. Vous savez ce que c'est de rentrer tous les jours chez soi en sachant qu'il sera là à me demander ce que je vais lui préparer à manger ?

— Oscar, dit Elinor, pourquoi est-ce que tu n'irais pas l'abattre ? Ça serait plus simple. Queenie et moi, on attendra ici que tu reviennes.

— Voyons Elinor, je ne peux quand même pas aller tuer Carl Strickland ! Queenie, tu crois que si je lui offrais de l'argent il s'en irait ? C'est bien pour ça qu'il est revenu, non ? Parce que tu as un emploi et une maison ?

— Ça ne marchera pas... soupira Queenie. James lui a offert deux cents dollars par mois pour déguerpir dans un autre État. Carl n'a rien voulu entendre. Il a dit qu'il voulait s'occuper de ses "précieux bébés". J'ai peur pour mes enfants. Ça n'a pas été facile de les élever seule. Mon pauvre Malcolm file un mauvais coton. Il ne fait que s'attirer des ennuis. Je déteste penser à ce que Carl va leur faire !

— Oscar, je pense vraiment que tu devrais aller tuer ce misérable !

— Et finir ma vie en prison ? C'est ça que tu veux Elinor ? Tu veux venir me rendre visite au pénitencier d'Atmore ? Je serais obligé de passer mes journées à ramasser des pommes de terre sous le soleil. C'est le sort réservé aux meurtriers là-bas. »

Il n'y avait rien à faire. Les menaces d'Oscar n'étaient d'aucune utilité sans l'appui des forces de l'ordre. Carl avait purgé sa peine pour avoir braqué une pharmacie à DeFuniak Springs et frappé le propriétaire à coups de crosse de revolver. Aux yeux de la loi, il avait réglé sa dette envers la société. Certes, il ne travaillait pas. Mais quel besoin avait-il de trouver un emploi alors que sa femme gagnait un bon salaire, qu'elle avait une maison à elle, et qu'il y avait un repas sur la table et des vêtements sur le dos de ses enfants ?

Queenie se désespérait. Chaque fois que James entrait dans son bureau, elle tentait tant bien que mal de dissimuler ses larmes. Gentiment, il tâchait de persuader sa belle-sœur désemparée que la présence de Carl n'était que temporaire.

« Quand l'heure viendra, je lui ferai une nouvelle offre. Et un jour, il l'acceptera. Tu verras, Queenie, très bientôt, il va partir. »

Carl s'était installé dans la chambre de sa femme. Queenie dormait sur le canapé du salon et parfois avec Lucille.

Personne ne savait comment il occupait ses journées. Une fois que James était passé prendre Queenie le matin, Carl filait on ne sait où avec l'auto de sa femme. Un voisin avait dit à Elinor l'avoir vu au champ de courses à Cantonement. Un autre, en train de manger des huîtres dans un restaurant sur la jetée de Mobile. Il avait été aperçu devant la maison close à Baptist Bottom. Mais lorsque Queenie rentrait du travail, elle était sûre de le trouver sous le porche, où il lui demandait : « Hé Queenie ! Y a quoi à manger ? Je crève la dalle ! »

Un soir, elle le découvrit avec un gros coquard à l'œil gauche. Elle ne lui demanda pas comment il était arrivé là, n'eut aucun mot de sollicitude et ne le mit pas en garde contre une altercation aux conséquences plus fâcheuses.

« Je parie que t'aurais aimé que je me fasse défoncer la tête, pas vrai ? dit Carl avec son rictus habituel. Je parie que, de façon générale, être veuve te dérangerait pas trop !

— Je crois en effet que je le supporterais plutôt bien, répondit-elle froidement.

— Je parie que t'as déjà choisi le bois de mon cercueil ! »

Queenie enfouit la main dans la poche de sa robe et en sortit deux pièces.

« Tu vois ces *quarters* ?

— Je les vois.

— Ils sont pour toi.

— Alors donne-les moi, dit-il en essayant de les prendre, mais Queenie avait déjà retiré sa main.

— Non, ils sont spéciaux.

— Spéciaux comment ?

— Ivey Sapp me les a donnés quand j'étais chez Mary-Love hier.

— La grosse Noire ? Pourquoi elle t'a filé ça ?

— Elle m'a dit qu'elle se les était procurés spécialement pour moi, poursuivit Queenie avec un sourire qu'on ne lui avait plus vu depuis longtemps. Elle m'a dit de les garder pour le passeur.

— Le passeur ?

— Ivey m'a dit de garder ces deux pièces en argent toujours avec moi. Comme ça, quand tu seras raide mort, je te fermerai les yeux avec. C'est pour payer ton billet vers l'Enfer. »

Le sourire de Carl s'évanouit. Il tendit à nouveau le bras pour prendre les pièces mais sa femme fut à nouveau plus rapide. Elle les glissa dans sa poche, où elles disparurent dans un tintement métallique.

DANJO

Depuis huit ans que Genevieve Caskey était morte, James et Grace vivaient en parfaite harmonie. À Perdido, on n'avait jamais vu un père et sa fille s'entendre aussi bien. James aurait fait n'importe quoi pour le bonheur de sa fille chérie. Et Grace avait déclaré un jour au lycée qu'elle ne vivrait jamais ailleurs, quelles que soient les circonstances, que sous le même toit que son père.

« Non ! s'écria-t-il. Tu ne peux pas rester ici à moisir avec moi, ma chérie. Il faut que tu ailles à l'université !

— Pas du tout ! répondit-elle. J'en connais assez. Je suis deuxième de ma classe cette année, papa.

— Ce n'est pas la question. Tu dois aller à la faculté. Tu dois quitter Perdido, au moins pour quelques années.

— Je suis heureuse ici. *Parfaitement* heureuse, papa. Toutes mes amies sont ici. »

Grace côtoyait une bande de filles de sa classe et des classes inférieures. Elles étaient toutes très proches et ne se querellaient jamais.

« D'ailleurs, qui prendra soin de toi si je pars ?

— Environ cinquante millions de personnes. Tu oublies que Mary-Love vit à la porte d'à côté. Et Elinor ? Et puis, tu as pensé à Queenie ? Tu crois sincèrement qu'elle permettrait qu'il m'arrive quoi que ce soit ?

— Queenie a assez à faire avec Carl, objecta Grace. Et Elinor et Mary-Love passent leur temps à élever des petites filles et à se disputer !

— Ce que je veux dire, reprit James, c'est que tu dois faire des études. Tu dois découvrir le vaste monde et rencontrer l'homme qui te rendra heureuse.

— Il n'existe pas !

— Bien sûr que si. Il y a quelqu'un pour chaque personne, ma puce. Quelque part, il existe un homme qui fera un mari parfait.

— Je n'y crois pas une seconde. Quand je regarde autour de moi, papa, qu'est-ce que je vois ? Toi et ma pauvre mère…

— Ça, ce fut *mon* erreur.

— Et je vois Queenie et Carl. Tu crois vraiment que je vais me mettre en quatre pour trouver un mari ?

— Et Oscar et Elinor ? Ils sont heureux.

— C'est une exception, papa.

— Eh bien, toi aussi tu pourrais être une exception. J'en suis convaincu. Alors ne crois pas que je vais te laisser rester à Perdido sous prétexte que c'est pour mon bien. Ma chérie, je t'aime plus que tout, tu le sais, mais je dois t'avouer quelque chose...

— Quoi ?

— J'en ai plus qu'assez de t'avoir constamment dans les pattes ! »

Grace éclata de rire au mensonge éhonté de son père.

« Vraiment ! Je veux que tu quittes cette maison ! »

Sa tentative pour être sévère était démentie par dix-sept années d'une indulgence peu commune.

« Et si je refuse ?

— Je dirai à Roxie de te chasser à coups de balai ! Je ferai mettre de nouvelles serrures. Grace, si tu ne vas pas à l'université, j'arrête de t'aimer. »

Chacun était déterminé à se sacrifier pour le bien et le confort de l'autre. Quoique la seule envie de Grace soit de faire des études, elle disait à son père que son souhait le plus cher était de rester auprès de lui à Perdido. Quant à James, il savait qu'il se morfondrait sans elle, mais prétendait que sa compagnie était un poids et qu'il avait hâte qu'elle parte pour le Tennessee. Des semaines durant, père et fille continuèrent à se chamailler jusqu'à ce que Grace finisse par céder, lorsqu'elle prit conscience de la fierté et de la joie de son père qui choisissait de privilégier le bonheur de sa fille au détriment du sien. Grace prit donc son destin en main, bien qu'elle sache dans quelle tristesse son départ plongerait James. En septembre, elle irait à l'université de Vanderbilt.

C'est ainsi qu'en août 1929, au plus chaud de l'été, Grace et James traversèrent l'Alabama pour se rendre à Nashville, dans le Tennessee, où ils visitèrent le campus, rencontrèrent le président de l'université et choisirent la chambre où Grace logerait. Ils lui achetèrent ensuite une nouvelle garde-robe, avec assez de vêtements pour habiller toute sa promotion. Ils firent le tour des bijouteries, magasins de souvenirs et antiquaires, où James s'offrit un certain nombre de bibelots, tous aussi jolis, fragiles et inutiles que le reste de sa collection, et qui finiraient comme elle, au fond d'un placard déjà plein à craquer.

Pour leur dernière soirée ensemble, il emmena Grace dîner dans le meilleur restaurant de Nashville. Il lui tendit une enveloppe bourrée de billets et dit :

« Ma chérie, si tu as besoin de quoi que ce soit, je veux que tu décroches le téléphone et que tu m'appelles, d'accord ? Ou que tu m'envoies un télégramme. Peu importe. Je te ferai livrer ça tout de suite.

— Quand est-ce que je pourrai rentrer ?

— Absolument quand tu veux ! Bray ira te chercher à la gare d'Atmore. Garde toujours assez d'argent pour t'acheter un billet de train, c'est compris ?

— Papa, tu vas tellement me manquer !

— Et toi, tu crois que tu ne vas pas me manquer ?

— Tu as dit que non.

— Je mentais. La vérité, c'est que je ne sais pas ce que je vais devenir sans toi. Tu es mon bébé. Si je pouvais, je te garderais toujours avec moi, mais ça ne ferait de bien à aucun de nous deux. À ton âge, je vivais avec maman. Papa était déjà mort, et il ne me manquait pas du tout. J'aimais ma mère du fond du cœur… mais je n'aurais probablement pas dû rester auprès d'elle. J'aurais dû m'en aller, prendre mon indépendance. Si je l'avais fait, j'aurais peut-être rencontré quelqu'un de bien. Regarde ce qui est arrivé. Je suis resté avec ma mère, et quand elle est morte, j'étais fou de douleur et je me suis marié avec Genevieve Snyder.

— Papa, si tu ne t'étais *pas* marié avec elle, je ne serais pas assise en face de toi.

— Tu es sûre ?

— Certaine. Qu'est-ce que tu crois ? Je suis sa fille. Et celle de personne d'autre.

— Dans ce cas, je suppose que tout est pour le mieux, soupira James. Même si ce n'est pas l'impression que j'ai eue à l'époque.

— Papa, ça va bien se passer. Tout le monde à Perdido sait que je suis ici, à Vanderbilt, donc tout le monde va bien s'occuper de toi. Crois-moi, la solitude ne sera pas *ton* problème ! En plus, regarde combien de Caskey nous sommes maintenant ! Quand j'étais petite, il n'y avait que moi, je n'avais personne avec qui jouer ou parler. Alors que là... Elinor est arrivée pendant la crue, et maintenant il y a Miriam et Frances, et puis Queenie a débarqué avec ses trois enfants...

— N'oublie pas Carl !

— Si seulement ! Ce que je veux dire, c'est que la ville est désormais pleine de Caskey. Tu vas à peine te rendre compte que je suis partie. »

Mais un jour ou deux plus tard, alors que James déballait les objets, assiettes et verroteries qu'il avait achetés à Nashville sur les conseils de sa fille, il lui sembla que chacun d'eux était une pierre qu'il jetait au fond d'un puits tout sec et tout noir qui se serait ouvert sous ses pieds.

Queenie Strickland craignait que ses enfants ne soient trop exposés à la présence contaminante de leur père. Elle essayait de les tenir aussi éloignés que possible de la maison et de l'influence néfaste de Carl. Malgré ça, elle redoutait que Malcolm soit déjà perdu. Carl avait emmené son fils pêcher sur la Perdido, lui avait offert un fusil le jour de l'ouverture de la chasse et lui avait même permis de l'accompagner au champ de courses à Cantonement un samedi après-midi. Ces faveurs typiquement masculines avaient aisément gagné le cœur du garçon. Un jour, furieux contre sa mère qui lui interdisait quelque menu privilège, Malcolm lui avait crié qu'il aimait énormément son père et qu'elle, il la détestait.

Carl ignorait Lucille. Dans sa façon de voir les choses, une petite fille ne méritait pas son attention. Il était convaincu que si Queenie lui apprenait à coudre, à cuisiner et à se faire belle pour les hommes, elle tournerait bien.

Puisque Malcolm était irrémédiablement perdu et que Lucille courait peu de danger, il devint de la plus haute importance pour Queenie de soutirer Danjo à l'emprise paternelle comme elle l'expliqua un jour à James :

« Ce garçon n'est pas comme Malcolm, et certainement pas comme son père. Il est tellement doux et timide ! Il n'aime pas la façon dont parle Carl, ni sa manière de se comporter. Si seulement... si seulement ils ne vivaient pas sous le même toit !

— Et pourquoi, demanda James en s'asseyant face à Queenie dans le bureau de celle-ci, est-ce que ça serait pire pour Danjo que pour toi et Lucille ?

— Parce que moi, j'ai l'habitude. Je ne dis pas que j'aime ça, mais j'ai l'habitude. Lucille ne craint rien parce que c'est une fille. Carl refuse de lui faire faire quoi que ce soit. Il ne l'emmène pas à la chasse ou aux courses. C'est ça la différence. Et puis Carl n'arrête pas de parler d'acheter un fusil à Danjo.

Un fusil, James ! Il n'a que cinq ans ! »

Le téléphone sonna, interrompant la discussion qui ne reprit pas ce jour-là. Le lendemain matin, James arriva tôt au travail. Dès que Queenie fit son entrée, et avant même qu'elle ait eu le temps de mettre de l'ordre dans ses affaires, il tapa à la vitre et lui fit signe de le rejoindre dans son bureau.

« Bonjour James.

— Bonjour Queenie. Bien dormi ?

— J'ai fait des cauchemars.

— Moi aussi. Comme à chaque fois que je dors dans une maison vide.

— Oh, je sais comme ta fille te manque ! Tu as des nouvelles ?

— Oui. Elle m'a envoyé trois lettres, et je reçois une carte postale presque tous les jours. J'ai même dû acheter un album pour les ranger.

— Donc elle se plaît à Vanderbilt ?

— Elle se fait une nouvelle amie tous les jours. Elle dit qu'elle est tellement heureuse là-bas que ça en est indécent. Elle voudrait que je lui écrive des mauvaises nouvelles afin qu'elle puisse redescendre de son nuage.

— James, tu voulais me dire quelque chose ? demanda Queenie qui avait tout de suite remarqué la nervosité dans le comportement de son beau-frère.

— En effet. Assieds-toi, Queenie. J'ai repensé à ce que tu disais hier.

— À propos de quoi ?

— De Danjo. »

Elle acquiesça.

« Les choses ne se sont pas améliorées en une nuit, n'est-ce pas ? »

Queenie réfléchit à la question.

« Je déteste dire ça, James, mais j'ai l'impression que je m'habitue au retour de Carl. Enfin... au moins, il ne sort plus se battre avec n'importe qui. Je ne crois pas non plus qu'il continue à voler. Du moment qu'il dort dans une chambre et moi dans une autre... Sauf qu'il y a Danjo.

— C'est précisément ce dont je veux te parler. Je pensais que tu devrais peut-être te débarrasser de lui.

— Mon précieux bébé ?!

— Justement, Queenie, tu ne veux pas qu'il soit "contaminé" ! C'est le terme que tu as employé hier.

— Et qu'est-ce que je suis censée faire de lui ?

— Me le confier.

— À toi ? Tu ne veux pas de lui !

— Comment peux-tu dire ça ! Bien sûr que si !

— Il est si petit ! Qu'est-ce que tu vas faire d'un enfant de cinq ans ?

— Je vais l'élever comme il faut. J'ai de l'expérience. J'ai élevé Grace, et comme tu sais, j'étais seul la plupart du temps. Genevieve était avec toi à Nashville.

—Tout ça, je le sais. Mais tes objets, tes jolies choses ?

—Aucune importance ! Danjo est un garçon soigneux. Il est déjà venu chez moi. Et puis, même s'il casse quelque chose, ce n'est pas grave, je peux en racheter d'autres. J'ai les moyens. Je peux faire construire des étagères en hauteur. Danjo sera comme chez lui. Alors pourquoi ne pas me le confier, Queenie ? Je me sens tellement seul depuis le départ de Grace, c'est en train de me rendre fou. Hier soir, je me lamentais sur mon sort, et je songeais combien j'aimerais qu'un petit garçon me tienne compagnie.

—Tu crois que Danjo pourrait t'aider ?

—Je ne pourrais rêver de meilleur compagnon !

—Je déteste l'idée d'abandonner mon enfant…

—Queenie, ce n'est pas comme si je l'emmenais dans une autre ville. Tu pourrais lui rendre visite n'importe quand. Et puis, vois les choses comme ça : tu ne l'abandonnes pas, tu le retires à Carl.

—Ça me plaît, admit-elle. Carl va être furieux.

—Qu'est-ce qu'il va faire ?

—Il va tenter par tous les moyens de récupérer Danjo.

—Alors je lui tirerai dessus », promit James avec suffisance.

Queenie trépigna un instant.

« Laisse-moi y réfléchir », dit-elle enfin en se levant et avant de retourner dans son bureau.

Cinq minutes plus tard, elle était de retour.

« Alors ? fit James.

— Je ne veux pas le laisser partir, vraiment pas. Mais ce serait égoïste de ma part. J'ai trois enfants et toi, tu viens de perdre la seule que tu avais.

— En effet, Queenie. Ce serait vraiment égoïste de ta part de garder Danjo pour toi toute seule. Laisse-moi m'occuper de lui !

— C'est d'accord. *Si on arrive* à convaincre Carl.

— Je vais lui parler.

— Tu vas lui donner de l'argent ?

— Je ne sais pas. Peut-être. Pour combien tu crois qu'il laisserait Danjo partir ? Cent dollars par mois ? »

Queenie réfléchit quelques instants.

« Qu'est-ce que tu penses d'une voiture ? »

Elle avait raison. En échange d'une nouvelle auto – Carl porta son choix sur un modèle à mille deux cents dollars – James Caskey obtint la garde de Danjo. Officiellement, l'échange était temporaire, mais personne n'était dupe. On ne demanda pas son avis au petit garçon, si timoré qu'il aurait sans doute accepté n'importe quel marché. James l'installa dans l'ancienne nurserie, qu'il avait fait entièrement retapisser et garnir d'un mobilier neuf. L'enfant n'arrivait pas à croire qu'il n'aurait à partager cette chambre avec personne. Il pleura certes un peu en quittant sa mère, mais ses larmes séchèrent vite quand elle lui promit qu'elle viendrait le voir tous les jours. Il avait cru qu'on l'arrachait définitivement à elle, et même à ce moment-là, il n'avait pas osé protester.

Lors du premier week-end que Danjo passa dans sa nouvelle maison, il n'osa pas s'aventurer hors de sa chambre et quand James jetait un œil sur lui, son neveu était invariablement assis sans bouger au bord du lit. Il avait l'air si raide et malheureux que James passa outre sa répugnance à déranger et entra dans la pièce. Appuyé contre la commode, il baissa les yeux vers Danjo et demanda : « Est-ce que je vais devoir te ramener chez ta mère et ton père, Danjo ? »

L'enfant leva sur lui des yeux pleins de larmes.

« J'ai envie que tu restes, Danjo, mais tu n'as pas l'air heureux ici.

— Si, je le suis ! »

James était confus.

« Tu es sûr que tu ne veux pas retourner chez tes parents ?

— Maman me manque… répondit Danjo au bout d'un moment.

— Mais pas ton papa ? »

Le garçon secoua vigoureusement la tête.

« Alors pourquoi n'es-tu pas plus heureux ici avec moi ? Pourquoi est-ce que tu ne joues pas ?

Avant, tu jouais tout le temps. Lucille et Malcolm te manquent ? »

Danjo secoua la tête avec prudence.

« J'ai peur de casser quelque chose, dit-il à voix basse.

— De casser quelque chose ?! Mais quoi ?

— Tes affaires. »

James regarda l'enfant, ébahi.

« Tu veux dire que tu ne quittes pas cette chambre parce que tu as peur de renverser quelque chose et de le casser ? »

Danjo hocha la tête, les larmes lui montant à nouveau aux yeux.

« Seigneur ! s'exclama James. Je m'en fiche si tu casses quoi que ce soit ! Tu crois que Grace n'a jamais rien cassé quand elle vivait ici ? Tu crois que Roxie ne casse jamais rien quand elle fait le ménage ? Moi-même je fais sans cesse tomber des choses dès que je traverse une pièce ! Et je n'attends absolument pas de toi que tu ne casses rien ! Danjo, je veux que tu sois heureux dans cette maison. Tu sais combien j'ai d'objets. Si tu casses quelque chose, ça ne fera aucune différence. Mes placards sont bourrés à craquer de bibelots, et de toute façon je vais continuer à en acheter. Après, tu n'es pas obligé de sortir d'ici et de commencer à tout jeter par terre ou contre les murs… »

Les yeux de Danjo s'écarquillèrent d'horreur à cette idée.

« … mais je veux que tu t'amuses. Je veux que tu te sentes ici comme chez toi.

— C'est vrai ?

— Bien entendu ! Danjo, tu sais combien j'ai payé pour toi ?

— Tu as acheté une nouvelle auto à papa.

— Exact. Et elle m'a coûté mille deux cents dollars. J'ai investi en toi beaucoup d'argent, Danjo. Il va falloir que tu m'aides à les rembourser.

— Comment ça ?

— En t'amusant. En me laissant te regarder t'amuser. En me tenant compagnie et en m'aidant à ne pas m'apitoyer sur mon sort parce que ma petite fille est partie de la maison. Tu veux bien faire ça ?

— Je vais essayer ! », s'écria Danjo en courant à travers la chambre pour se jeter dans les bras de son oncle.

À Perdido, on certifia n'avoir jamais connu de famille aussi disposée que les Caskey à abandonner et reprendre ses enfants, à s'échanger la progéniture comme s'il s'était agi d'un moule à tarte ou de n'importe quel plat à gâteau que l'un des foyers aurait en trop et dont l'autre aurait manqué. Carl Strickland ne fit aucun mystère des termes du contrat par lequel James avait obtenu la garde de l'enfant. Aux yeux des habitants, il s'agissait d'une vente en bonne et due forme. Aussi Danjo appartenait-il désormais à James, et c'était formidable que celui-ci autorise la mère à voir son fils quand elle le souhaitait.

La situation semblait idéale. Carl Strickland avait sa nouvelle voiture. Queenie Strickland s'était assuré de l'avenir moral et financier de son fils. James avait trouvé un enfant pour remplacer celle qui avait grandi et était partie. Et personne ne se réjouissait plus que Danjo lui-même.

Plutôt que de vivre comme un affront le fait d'avoir été troqué contre une automobile, le garçon tirait du réconfort de l'aspect solide de la transaction. Il était peu probable, à présent, qu'on l'arrache à sa nouvelle maison pour le ramener dans un endroit où il se faisait agresser à différents degrés et de différentes façons par son frère, sa sœur et son père, et où sa mère avait été son unique mais insuffisante source de réconfort. Il adorait James Caskey. Il ne se débarrassa jamais du sentiment d'être privilégié d'avoir une chambre rien qu'à lui, de vivre dans une maison calme et décorée si joliment, d'être embrassé et cajolé plutôt que pincé et frappé. Sa seule crainte, qu'il gardait profondément enfouie, était que son oncle se lasse un jour de lui et l'échange contre, disons, une bague en diamant ou, pourquoi pas, une petite fille. Où finirait-il alors ?

Dix ans auparavant, les Caskey étaient apparus aux yeux de Perdido comme une famille sur le déclin. Il n'y avait eu que la fille de James, Grace, une gamine pâlotte et maigrichonne qui valait à peine l'attention que lui portait son efféminé de père. Plus tard, Elinor et Queenie avaient produit cinq enfants à elles deux, qu'elles avaient répartis entre les différents foyers. C'était comme si Mary-Love et James s'étaient réveillés un matin et écriés : « Seigneur, Elinor ! Par tous les dieux, Queenie ! Vous en avez tellement, et nous, on n'a rien ! Pourquoi ne pas nous en passer quelques-uns afin qu'on puisse tous en profiter ? » Cela ne s'était pas déroulé exactement comme ça, bien sûr, du moins pas dans la famille Caskey où un service rendu n'était pas plus toléré qu'une gifle. Pourtant, les enfants avaient bel et bien été redistribués, si bien que chaque foyer en avait à présent au moins un. Par conséquent, la matière même de la famille s'était modifiée ; en dépit des animosités individuelles, les Caskey formaient désormais un clan plus jeune, plus robuste et plus heureux que jamais.

DÉPLACEMENTS

La Bourse s'effondra le 29 octobre 1929, mais personne à Perdido ne prit la mesure des conséquences que cet événement lointain – cette étrange crise de la spéculation et des actions – allait avoir sur chacun. Les Caskey, qui auraient probablement dû froncer un sourcil ou deux en songeant aux répercussions sur la famille et sur la ville, étaient en ce temps-là occupés par un sujet plus urgent : le jour où survint le krach boursier, Carl Strickland tenta de tuer Queenie.

Le matin est rarement propice aux agressions non préméditées. Les passions violentes naissent plutôt de la chaleur accumulée au fil de la journée, de l'alcool et de la lassitude des corps – des éléments dont les effets se font généralement ressentir le soir ou tard la nuit. Mais Queenie Strickland provoqua la fureur de son mari à la table du petit déjeuner, en refusant de lui donner quinze dollars pour les paris hippiques. La réaction aussi sauvage qu'imprévisible de Carl révéla à Perdido à quel point il avait les nerfs à vif, même lorsqu'il paraissait vivre paisiblement parmi eux.

« Queenie, t'as le fric ! lança-t-il assis à l'autre bout de la table de la cuisine.

— Bien sûr que je l'ai, mais je vais le dépenser pour nous nourrir ! Combien tu crois que je gagne ?

— T'en as plein, avec tout ce que le vieux te file !

— C'est faux ! Je gagne de quoi faire vivre cette famille, c'est tout ! Tu m'as vu avec des nouvelles robes ? Est-ce que Malcolm a des chaussures neuves ? Est-ce que Lucille prend des cours de piano ? Tu entends du piano l'après-midi quand tu reviens de l'hippodrome ? Si tu as besoin d'argent à ce point, tu n'as qu'à te trouver du travail !

— Donne-moi le fric, Queenie. Je sais que tu l'as !

— Non », dit-elle en se levant de table et faisant signe à Lucille et Malcolm de quitter la pièce.

Ce qu'ils firent, en grimaçant dans le dos de leur père. Un instant plus tard, Queenie entendit avec soulagement la porte d'entrée claquer.

« Cet argent est à moi, dit Carl en repoussant violemment la table pour se lever, si bien que les assiettes s'entrechoquèrent et qu'une tasse s'éclata sur le lino. Tout ce que tu possèdes est à moi. Alors, il est où ?

— Ne me touche pas ! »

Il la poussa contre l'évier. Saisissant à pleines mains la chair autour de sa taille potelée, il la serra jusqu'à ce qu'elle crie de douleur. Lorsqu'elle essaya de se dégager, il serra plus fort. Puis il relâcha son étreinte, et de sa main droite arracha la poche avant de sa robe. Seules les deux pièces qu'elle gardait en réserve pour ses yeux morts tombèrent par terre.

En les voyant, Carl recula. Queenie reprit difficilement son souffle et fixa son mari. Il avait l'air fou, comme s'il avait brusquement perdu la raison et le contrôle de lui-même. Il se retourna avec fureur, souleva un coin de la table et la renversa. Toute la vaisselle se fracassa, et Queenie eut les jambes éclaboussées de café brûlant. Poussant un cri, elle boita vers la porte de derrière.

Carl la poursuivit et, du plus fort qu'il pouvait, lui donna un coup de poing dans les reins. Elle en eut la respiration coupée et s'effondra les mains en avant sur un tapis de vaisselle brisée. Alors qu'elle roulait sur elle-même en tentant de se relever, il lui assena trois coups de pied au ventre – des coups rapides, puissants et violents. Elle retomba avec un long gémissement.

Il plaça ensuite sa botte sur sa tête et pressa son visage contre les débris tranchants d'une tasse en porcelaine blanche. Sous le corps prostré de Queenie, le sang commença à se répandre sur le lino jaune.

Quand enfin il relâcha la pression, Queenie essaya de lever la tête. L'un de ses yeux était couvert de sang. Figés par l'horreur de la scène, Lucille et Malcolm se tenaient de l'autre côté de la moustiquaire de la cuisine. La petite fille poussa un hurlement et s'enfuit. Malcolm la suivit quelques secondes plus tard.

Carl prit une chaise et la fracassa sur le dos de sa femme.

Les cris de Lucille avaient alerté Florida Benquith, qui s'était mise à la fenêtre de sa cuisine. Quand elle vit Malcolm prendre la fuite, elle se précipita chez les Strickland. Jetant un œil par la porte de derrière, elle vit Carl Strickland, assis tel un démon repu sur l'arrière-train de sa femme, déchirer le dos de sa robe à l'aide d'un épluche-légumes qu'il tenait convulsivement des deux mains.

« Queenie ! Queenie ! », hurla Florida.

Le dos de Queenie était zébré de longues plaies ensanglantées, à l'endroit où l'économe avait fendu le tissu et lacéré la chair.

Florida courut jusque chez elle et, sans prendre le temps de dire un mot à son mari stupéfait, saisit le fusil dans la salle à manger avant de ressortir tout aussi vite. Arrivée à une dizaine de mètres de chez Queenie, et bien avant qu'elle puisse voir ce qui se passait dans la cuisine elle fit feu, transperçant la moustiquaire d'un gros trou.

« Carl Strickland, je vais te tuer ! », hurla-t-elle en se précipitant vers la maison.

Désarçonné par le coup de feu, Carl se leva du dos de sa femme, fila par la porte de devant et traversa la cour. Queenie gisait dans une mare de sang. Florida courut à la poursuite de Carl, mais alors qu'elle arrivait à peine sous le porche, il grimpait déjà dans son auto. Elle tira à nouveau, faisant éclater la vitre d'une des portières du véhicule. Carl démarra et s'éloigna en trombe.

Florida Benquith laissa tomber l'arme dans l'herbe et regarda autour d'elle, totalement sidérée. Madame Daughtry se tenait en chemise de nuit sur le trottoir opposé. Les enfants Moye la fixaient bouche bée depuis leur portail.

« Appelez Elinor Caskey ! », cria Florida à Madame Daughtry avant de s'élancer chez Queenie où son mari l'attendait déjà.

« Elle est encore en vie », dit le médecin en voyant son épouse.

Personne ne savait où Carl avait bien pu aller. Oscar se rendit chez le shérif et lâcha froidement : « Si Carl revient et que vous tombez sur lui, Monsieur Key, soyez gentil de nous prévenir afin qu'on puisse protéger Queenie. La prochaine fois, elle n'aura peut-être pas autant de chance. »

Mal à l'aise, Charley Key demanda :

« Comment va Madame Strickland ?

— Elle a trois côtes cassées et la mâchoire disloquée. Son œil droit a perdu la majeure partie de sa vision. À part ça, elle s'en tire avec quelques coupures et des bleus.

— Je suis réellement navré de l'apprendre, répondit le shérif. J'ai signalé l'agression à la police d'État. À celle de Floride, aussi. Je leur ai dit que Monsieur Strickland était souvent à Cantonement. Ils ont lancé un avis de recherche.

— Je me fiche de savoir où il est, du moment que ce n'est pas à Perdido.

— Je vais m'assurer qu'il ne fasse plus de mal à personne, poursuivit Charley d'un ton résolu.

— Vous *auriez pu* empêcher que tout ça arrive », remarqua Oscar avant de quitter le bureau du shérif.

Queenie passa dix jours à l'hôpital du Sacré-Cœur à Pensacola, période durant laquelle Malcolm et Lucille furent confiés à Elinor, qui les installa dans l'une des chambres à coucher de l'étage – une pièce à l'avant de la maison si peu utilisée qu'elle n'avait pas de nom, mais qui serait connue plus tard comme « la chambre des enfants ». Elinor et Oscar avaient craint que le frère et la sœur, qui n'avaient pas la réputation d'être des enfants modèles, ne leur donnent du fil à retordre, mais ils avaient l'air sous le choc et réellement inquiets pour leur mère. Tous les jours, Bray conduisait Elinor, Mary-Love ou James à l'hôpital, et tous les jours l'un ou l'autre de ses enfants les accompagnait. Tout au long de sa convalescence, Queenie se montra presque soulagée : « S'il fallait en passer par là pour se débarrasser de lui une fois pour toutes, alors je suis contente que ce soit arrivé. J'espère juste qu'il n'essayera pas de revenir. »

Queenie fut ramenée à Perdido le 8 novembre et s'installa chez Elinor, où elle serait plus en sécurité jusqu'à ce qu'on retrouve Carl. Deux fois déjà, il avait réussi à la surprendre à son domicile, et il pourrait bien réussir à nouveau. On donna à Queenie la chambre de Frances, car elle était dotée de sa propre salle de bains.

À son retour de l'école ce jour-là, Frances entra en courant dans la maison, monta l'escalier et se précipita dans sa chambre. Elle aurait voulu prendre Queenie dans ses bras, mais cette dernière s'exclama :

« Seigneur, non ! Tu ne peux pas me toucher, regarde comme je suis amochée ! Si tu voyais mes bras et mon dos… Même les anges n'oseraient pas s'approcher ! Tiens, prends ma main plutôt, dit-elle en la tendant vers l'enfant.

— Je suis contente que tu sois rentrée de l'hôpital Queenie ! dit Frances.

— Je n'en suis pas si sûre, répondit-elle.

— Qu'est-ce que tu veux dire ? demanda Elinor en jetant un œil dans la chambre depuis la fenêtre qui donnait sur la véranda.

— Maman, je suis heureuse de la voir, *en vrai !*

— Je n'en suis pas si sûre, répéta Queenie, parce que j'ai pris ta chambre.

— Oh, c'est pas grave, répondit Frances. Tu es malade, et moi non.

— Je ne suis pas malade, j'ai juste tellement mal partout qu'à chaque fois que je bouge, j'ai l'impression qu'il faut que j'écrive mon testament. »

Frances quitta Queenie et rejoignit sa mère dans la véranda.

« Maman, demanda-t-elle, puisque Queenie est dans ma chambre, où je vais dormir ?

— Tu vas t'installer dans la chambre d'ami, ma chérie. »

Frances resta interdite. Plus que jamais, elle craignait cette chambre et son étrange petite penderie. Même en pleine journée, elle n'arrivait toujours pas à rester seule dans la maison et demeurait chaque nuit à l'affût du grincement de la porte de la penderie dans la chambre voisine, attendant le moment où la créature qui s'y trouvait se faufilerait prudemment dehors.

Terrassée par la peur que lui inspirait cette nouvelle, Frances fut incapable de dire un mot de plus. Elle quitta sa mère dans un état de totale hébétude. Même dans ses pires cauchemars, elle n'avait jamais cru qu'elle aurait à passer toute une nuit dans cette chambre. La pensée était même trop terrifiante pour être imaginée – forcée de rester allongée seule dans ce lit, la nuit, à fixer droit devant elle l'affreuse petite porte, à attendre que la poignée se mette à lentement tourner et que ce qui se trouvait derrière en sorte. Peu importait que Queenie soit toute proche, seulement de l'autre côté de ce passage où l'on rangeait les draps ; peu importait que Lucille, Malcolm et ses parents dorment de l'autre côté du couloir ; ou que Zaddie soit au rez-de-chaussée. La ville entière pouvait se serrer dans la maison, s'aligner contre les murs, ça ne faisait aucune différence puisque Frances devait dormir seule dans la chambre d'ami. Elle crut qu'elle allait mourir.

Et voilà qu'elle était face à la porte de la pièce tant redoutée, sans avoir pris conscience que ses pas l'y avaient menée. Doucement, elle tourna la poignée et jeta un œil à l'intérieur. Comme à son habitude, la chambre était sombre et fraîche. L'air paraissait stagner. Ça sentait le vieux – plus que dans aucune autre maison de Perdido. Pour la petite fille, ça sentait comme si des générations entières de Caskey étaient mortes là-dedans. Comme si, décennie après décennie, des femmes Caskey avaient accouché d'enfants mort-nés dans ce lit ; qu'une lignée ininterrompue de maris Caskey avaient assassiné leurs épouses adultères et les avaient cachées dans l'armoire ; comme si cent squelettes à la chair en putréfaction et aux haillons moisis avaient été entassés dans la petite penderie et s'entrechoquaient, parmi les plumes et les fourrures. Pour la première fois, elle remarqua que la pendule sur le manteau de la cheminée avait été remontée, égrenant son lugubre tic-tac. Elle s'apprêtait à refermer la porte lorsque la pendule sonna le quart d'heure, tel un appel. Frances y résista, ferma consciencieusement la porte et s'enfuit dans le couloir sans oser regarder derrière elle. Elle retourna dans la véranda et enfouit sa tête dans les genoux de sa mère.

« Ma chérie, qu'est-ce qu'il y a ?

— Je ne veux pas dormir dans la chambre d'ami ! cria Frances.

— Pourquoi pas ?

— J'ai peur.

— Peur de quoi ? »

La petite fille réfléchit à la meilleure façon de formuler sa réponse.

« J'ai peur de la penderie.

— La penderie ? rit Elinor. Voyons, il n'y a rien là-dedans ! Juste mes vêtements, mes chaussures et mes chapeaux. Tu sais bien ce qui se trouve dedans.

— Laisse-moi dormir dans la chambre où sont Malcolm et Lucille. Ils peuvent prendre la chambre d'ami, eux.

— Ils ont déjà défait leurs valises, et puis ils sont

très bien où ils sont. Je ne vais pas les installer ailleurs.

— Alors mets Queenie dedans ! S'il te plaît, maman, rends-moi ma chambre !

— Queenie a besoin d'avoir une salle de bains pour elle seule. Et je veux l'avoir à côté, comme ça je pourrai l'entendre m'appeler.

— Dans ce cas, laisse-moi aller chez James.

— James est suffisamment occupé avec Danjo, dit Elinor d'une voix qui avait perdu sa douceur. D'autres suggestions, jeune fille ?

— Je suis même prête à aller chez grand-mère.

— Si je t'envoie là-bas alors qu'on a une chambre libre à la maison, Mary-Love va m'en parler jusqu'à la fin des temps. D'ailleurs, je ne veux plus rien savoir de cette histoire. Tu vas dormir dans cette chambre jusqu'à ce que Queenie aille mieux et qu'on soit sûr que Carl ne viendra plus. Compris ? »

« Elinor ! », appela Queenie par la fenêtre.

Elinor s'approcha et regarda dans la chambre.

« Je peux faire quelque chose pour toi, Queenie ?

— Je n'ai pas pu m'empêcher d'écouter votre conversation, et je veux que tu m'installes dans la chambre d'ami. Laisse Frances récupérer sa chambre.

— Queenie, j'espère que tu ne prends pas ces sottises au sérieux ?

— Elle ne veut pas que je dorme dans son lit, et je la comprends. Elle veut récupérer sa jolie petite chambre, quoi de plus normal ? Si c'était la mienne, moi non plus je ne voudrais la prêter à personne.

— Il est hors de question que je te laisse t'installer ailleurs. D'une, tu as besoin de ta propre salle de bains, de deux, je veux pouvoir t'entendre et te parler quand je suis ici dans la véranda. C'est pour ça que je t'ai mise là, et il n'y a aucune raison pour que Frances ne dorme pas dans la chambre d'ami. Elle n'est qu'à quelques mètres, pas au bout du monde. »

Frances écoutait l'échange en tremblant.

« Frances, dit sa mère d'une voix sévère, viens avec moi. »

La petite fille la suivit dans le couloir, jusque dans la chambre d'ami. Sans une seconde d'hésitation, Elinor ouvrit la penderie.

« Alors, tu vois ? Il n'y a rien là-dedans. C'est tellement le bazar qu'il n'y a pas assez de place pour que quoi que ce soit puisse s'y cacher. »

Tête basse, l'enfant ne disait rien.

« Frances, est-ce que tu as parlé avec Ivey ? Est-ce qu'elle t'a raconté des histoires sur des bêtes qui mangent les petites filles ?

— Non !

— Tu es sûre ?

— Oui.

— Eh bien, si elle commence à te raconter des bêtises dans ce genre, surtout ne l'écoute pas.

Ivey ne sait pas toujours de quoi elle parle. Ivey ne comprend rien.

— Alors ça veut dire qu'il y a *vraiment* des choses qui mangent les petites filles ?

— Pas dans cette penderie, répondit sa mère avec une inquiétante désinvolture.

— Où ça alors ?

— Ma chérie, rien ne va te manger, dit Elinor en refermant la porte et en s'asseyant sur le lit. Viens. »

Frances s'approcha timidement de sa mère, qui la souleva et l'installa à côté d'elle.

« Oui, maman ?

— Il nous arrive de nous promener sur la rivière à bord du canot de Bray, n'est-ce pas ?

— Oui.

— Dans ces moments-là, tu as peur ?

— Non.

— Pourquoi ? D'autres petites filles auraient peur. Jamais Lucille Strickland ne monterait dans une barque sur la Perdido.

— Parce que tu es là, maman. C'est pour ça que j'ai pas peur. »

Elinor serra sa fille contre elle.

« Précisément. Tu es ma petite fille et il ne t'arrivera jamais rien. D'ailleurs, de toutes les personnes qu'on connaît, tu es celle qui a le moins à craindre de cette rivière. Alors pourquoi est-ce que tu as peur de rester dans cette chambre alors que tu sais que je suis de l'autre côté du couloir ?

— Je ne sais pas, dit Frances, troublée. Parce que ça pourrait m'attraper avant que tu puisses venir me sauver.

— Qu'est-ce qui pourrait t'attraper ?

— Je ne sais pas.

— Mais alors comment tu sais que c'est là ?

— Maman, je le sens ! »

Elinor écarta l'enfant et la regarda dans les yeux.

« Écoute-moi, Frances, dit-elle d'une voix patiente mais déterminée. Il n'y a rien dans cette pièce qui te fera du mal, tu comprends ? Si tu vois quoi que ce soit, c'est seulement ton imagination. Ce sont des ombres, de la poussière qui brille dans la lumière. Si tu entends quoi que ce soit, c'est uniquement ton imagination. C'est la maison qui tremble sur ses fondations ou le mobilier qui craque. Si tu sens quoi que ce soit te toucher, ce sont tes nerfs qui te jouent des tours ou un moustique qui s'est posé sur ton bras. C'est tout. Ou tu es en train de rêver. Tu rêves que tu entends quelque chose, tu rêves que tu vois quelque chose, tu rêves que quelque chose te tire hors du lit. C'est tout. C'est compris ? Il ne t'arrivera rien dans cette chambre pour la simple raison que je ne le permettrais pas. »

Sa mère lui montra quelques-uns de ses vêtements tout juste rangés et suspendus dans l'armoire. Elle ouvrit les tiroirs et montra à sa fille combien les sachets de lavande qui s'y trouvaient sentaient bon. Elle tira les rideaux et lui montra que la vue sur la digue et sur la maison de Mary-Love était quasiment la même que depuis la fenêtre de sa propre chambre. Enfin, elle tourna la clé dans la serrure de la penderie et dit : « Regarde, Frances, je la ferme à clé. Comme ça tu n'as pas à t'inquiéter. S'il y a quoi que ce soit dedans, ça ne pourra plus sortir. Tu es parfaitement en sécurité. Et souviens-toi, si tu entends, vois ou sens quoi que ce soit, n'y prête pas attention. C'est juste ton imagination. Tu es ma fille, et il ne peut rien t'arriver. »

FERMÉE OU NON ?

La nuit du retour de Queenie à Perdido, Frances eut beau déployer des trésors d'inventivité pour remettre à plus tard l'inévitable, elle fut forcée de quitter les genoux de son père, assis dans la véranda, pour aller se coucher.

« Qu'est-ce qui t'arrive ? demanda Oscar.

— Elle a peur d'aller au lit, expliqua Elinor.

— Tu dors seule depuis que tu es toute petite, s'étonna-t-il.

— Elle n'a pas peur d'être seule, elle a peur de la chambre d'ami.

— Qu'est-ce qu'il y a dedans ? Je me rappelle à peine la dernière fois où j'y ai mis les pieds. J'ai un vague souvenir des nouveaux rideaux, mais c'était il y a des années ! Elinor, y aurais-tu installé un pensionnaire à mon insu ? »

Mais Frances ne rit pas et s'accrocha plus fermement à son père.

« Elinor, poursuivit-il, voyant que sa fille était

réellement effrayée, on ne peut pas la laisser dormir avec nous ?

— Non, elle voudra dormir avec nous pour toujours.

— C'est pas vrai ! s'écria la fillette. Juste cette nuit !

— Demain soir aussi, et encore la nuit d'après.

— Ta mère veut que tu dormes dans cette chambre, donc je vais devoir t'y emmener. »

Ce que fit Oscar. Il la coucha et la borda sous les couvertures. Il agita les rideaux afin de lui prouver que rien ne se cachait derrière, s'accroupit pour regarder sous le lit, ouvrit la porte du passage qui menait à la chambre de Frances où Queenie dormait déjà, et enfin, tourna la poignée de la penderie pour lui montrer qu'elle était fermée à clé. Puis il embrassa sa fille et quitta la pièce. Passant la main par la porte entrebâillée, il appuya sur l'interrupteur et le lustre s'éteignit.

Une fois que son père eut refermé la porte, Frances commença à douter que la chambre soit reliée au reste de la demeure. La petite fille était coupée de la protection de ses parents : jamais ils ne l'entendraient si elle les appelait au secours. La chambre était peut-être réelle, mais les portes ne communiquaient plus avec la maison dans laquelle Elinor et Oscar vivaient. Les fenêtres n'ouvraient plus sur la vue familière. À l'idée de l'espace indescriptible qui pouvait se trouver de l'autre côté des portes, et des paysages sombres et insoupçonnés qui s'étendaient peut-être derrière les fenêtres, elle fut prise de tremblements. Les yeux rivés sur les terrifiantes ténèbres, l'oreille tendue dans une stupeur muette sur les bruits qui pourraient monter de la penderie, elle restait étendue dans le lit sans bouger. Peu à peu ses yeux s'habituèrent à l'obscurité et elle commença à discerner les contours des objets, ombres noires contre la nuit d'encre. Le lustre en fonte au-dessus du pied du lit lui servait de point de repère. Elle se concentrait sur lui. Il paraissait osciller, alors qu'il n'y avait pas le moindre courant d'air dans la pièce. Frances se roula en boule sous les couvertures. Son souffle était moite et brûlant contre les draps amidonnés.

Parfois, elle entendait des grincements. Elle sursauta au bruit de ce qui ressemblait à une bille qui heurte le sol et roule sur une courte distance.

Elle dut finir par s'endormir, car Zaddie la réveilla au matin en ouvrant les rideaux sur une journée nuageuse. Frances se sentit aussi soulagée qu'un homme qui a échappé de peu à une mort terrible, quand la bête sauvage qui le traque est soudain divertie et oublie pour un temps sa proie.

« Ce matin, tout le monde prend le petit déjeuner dans la véranda, dit Zaddie en s'agenouillant au pied du lit pour aider Frances à enfiler ses chaussettes.

— J'ai une faim de loup ! Est-ce que je peux avoir trois toasts aujourd'hui ?

— Bien sûr ! Si tu finis de t'habiller, je pourrai descendre mettre le pain au four tout de suite.

— Je peux m'habiller seule, tu sais. Tu n'as pas besoin de m'aider.

— J'aime le faire ! Tu es ma petite fille. »

Frances la prit dans ses bras.

« Zaddie, chuchota-t-elle, comme je suis heureuse que tu ne sois pas allée à cette université pour Noirs !

— Si j'étais partie, qui aurait pris soin de toi ? Personne dans cette ville ne t'aime autant que moi », rit Zaddie avant de quitter la chambre.

Avec elle-même pour seul témoin, Frances se livra à sa démonstration de courage matinale. Sans hésitation apparente, elle ouvrit la porte de l'armoire et rangea ses vêtements de nuit dans le coin le plus sombre de l'étagère du bas. Puis elle entra seule dans le passage entre les chambres, allant même jusqu'à s'y enfermer, et prit son temps pour choisir une serviette propre. De retour dans la chambre, elle fit tomber une épingle par terre afin de pouvoir s'accroupir et, comme par inadvertance, regarder sous le lit. Peut-être n'y avait-il, après tout, rien à craindre. Zaddie l'appela depuis le couloir : « Frances, le petit déjeuner est prêt ! »

Frances esquissa un sourire et parcourut la pièce du regard. La confiance chevillée au corps, elle était sur le point de s'en aller quand elle décida de se débarrasser de son dernier vestige de peur.

Elle allait tester la porte de la penderie fermée à clé.

« J'arrive ! », cria-t-elle à Zaddie. N'ayant en tête que ce qu'elle s'apprêtait à manger, elle traversa la chambre en courant et tourna la poignée, s'attendant à rencontrer la douce résistance qui lui prouverait que, quoi qu'il s'y trouve – et de toute façon, il n'y avait rien –, ça ne pouvait pas l'atteindre.

Mais il n'y eut pas de résistance. La poignée tourna avec aisance dans sa main, et la porte s'ouvrit sur un fatras de plumes et de fourrures. Sans le savoir, Frances avait été exposée à un danger bien plus grand que celui qu'elle s'était imaginé.

Pendant la nuit, quelqu'un avait déverrouillé la porte de la penderie.

Elle courut dans les bras de sa mère, à qui elle assura, avec toute la fermeté dont elle était capable, que plus jamais elle ne dormirait dans cette chambre.

« Bon sang ! s'énerva Elinor. Tu nous embêtes encore avec ça ? »

Au désespoir, Frances hocha la tête.

« Il est arrivé quelque chose, cette nuit ?

— Non, chuchota fiévreusement la fillette en s'agenouillant sur la balancelle avant d'enfouir son visage dans le cou de sa mère. Mais ce matin, quand je me suis levée, la porte de la penderie n'était plus fermée à clé ! »

Elinor resta silencieuse.

Sur la défensive, Frances s'exclama: « Tu l'as fermée à clé hier après-midi, maman ! Je t'ai vue le faire ! Papa a fait tourner la poignée hier soir et elle était encore fermée ! Et quand je me suis levée ce matin, elle n'était *plus* fermée à clé. S'il te plaît, laisse-moi dormir avec vous ce soir. »

Elinor conduisit sa fille jusqu'à la chambre et tourna la poignée de la penderie, qui demeura close.

« Qui l'a verrouillée ?! s'écria Frances dans un nouvel accès de terreur, les yeux rivés sur la porte.

— Personne ! Elle n'a jamais été déverrouillée. Tu as tout rêvé, ma chérie.

— C'est pas vrai !

— Tu nous inquiètes beaucoup avec cette histoire, Frances. Je ne veux plus en entendre parler. Rentre-toi dans le crâne que tu vas rester dans cette chambre jusqu'à ce que Queenie aille mieux et qu'elle puisse rentrer chez elle, c'est compris ?

— Oui, maman », dit l'enfant, au comble de la détresse.

Ce soir-là, on mit Frances au lit sans cérémonie et on lui souhaita rapidement bonne nuit. Après quoi, l'enfant fut abandonnée aux ténèbres de la chambre et de la perfide penderie.

Pendant les quelques semaines que dura la convalescence de Queenie, Frances endura chaque nuit son interminable agonie. Parfois, sa terreur était un peu moindre, et elle pensait : « Je commence à m'habituer. Jusqu'ici, il ne s'est jamais rien passé. » Mais la nuit suivante, la peur revenait, plus forte que jamais, et elle pensait : « Ça attend que je relâche ma vigilance. » Elinor ne renouvela pas l'expérience de la poignée, se contentant de dire : « C'est n'importe quoi, Frances, vraiment n'importe quoi. Tu sais qu'il n'y a rien d'autre là-dedans que mes affaires. » Dans la journée, la porte était toujours fermée à clé. C'était seulement la nuit que la penderie se mettait à lui jouer des tours. Parfois la porte était fermée, parfois non. Tous les soirs, après que Frances fut restée allongée un moment dans son lit sans même songer à s'endormir, elle se relevait silencieusement et tentait de tourner la poignée. Peu importe son pronostic, *fermée ou non*, elle se trompait toujours. Le temps passant, elle en fit même un jeu : debout devant la penderie, elle faisait le pari que la porte serait verrouillée, que sa main rencontrerait une résistance, ou qu'elle serait ouverte, que la poignée tournerait sans entrave. Elle perdait toujours.

Elle s'accoutuma à cet infernal schéma. Son courage, lorsqu'elle tournait la poignée, n'était pour son esprit qu'un moyen de désamorcer le véritable danger de la penderie. Une fois qu'elle s'était ainsi mise à l'épreuve, elle pouvait s'endormir d'un profond sommeil.

Une nuit, pourtant, elle se réveilla en sursaut avec le pressentiment que quelque chose n'allait pas du tout. La chambre était plongée dans le noir, et la maison, calme et silencieuse. Étrangement, elle sut que tout le monde était endormi sauf elle. Sans penser à rien, elle se redressa dans son lit, écarta ses oreillers et ouvrit les rideaux. La pièce s'éclaira un peu. Frances distinguait à présent les contours sombres de la porte de la penderie. La poignée en cuivre jetait un faible éclat doré. Elle l'avait verrouillée elle-même. Elle était certaine que personne n'était entré dans la chambre pour défaire sa courageuse entreprise. Or, si elle tournait la poignée maintenant, la porte s'ouvrirait-elle ?

Elle allait tenter l'expérience. Si la porte restait fermée, elle serait en sécurité et pourrait se rendormir ; si elle était ouverte, ce qu'il y avait derrière lui sauterait au visage et la tuerait.

Frances fit son habituelle et inefficace prière et entreprit de descendre du lit.

Un rectangle de lumière froide d'un blanc tirant sur le bleu, jaillit soudain de sous la porte de la penderie, c'était assez fort pour qu'elle puisse distinguer les franges du tapis. Le coin gauche du rectangle commença à s'élargir tandis que les trois autres restaient égaux. Alors qu'elle observait cette progression, l'associant à un simple phénomène géométrique, elle prit conscience qu'elle était due en réalité à l'ouverture graduelle de la porte.

Le couloir de l'étage était large, et son parquet recouvert d'un long tapis bleu marine. À une extrémité se trouvait la porte à vitraux qui conduisait au petit porche à l'avant de la maison. À l'autre, il y avait l'escalier et une grande fenêtre située à mi-chemin entre l'étage et le rez-de-chaussée, et qui donnait sur la cour à l'arrière et la digue. Retenant à grand-peine un cri de terreur, Frances s'enfuit par le couloir. Les portes de toutes les chambres étaient fermées. Elle avait du mal à croire que ses parents se trouvaient derrière l'une d'elles, que Queenie dormait derrière une autre et que Malcolm et Lucille étaient sagement endormis derrière une troisième. Elle agrippa le pommeau de la balustrade en haut des marches et tourna la tête pour regarder derrière elle. Sous la porte de sa chambre, qu'elle avait fermée en sortant, s'étendait un rectangle lumineux semblable à celui qui s'était formé au pied de la penderie et qui n'était dû ni au soleil, ni à une lampe, ni à la lune. Il brillait d'un éclat si vif que la pièce devait être baignée de la même lumière blanc-bleu surnaturelle. Frances était convaincue que la penderie était grande ouverte. Qu'importe ce qui était tapi dedans, *ça* avait entièrement pris possession de la chambre. Peut-être qu'en cet instant *ça* la cherchait sous le lit, de la même façon qu'elle avait vérifié que *ça* ne s'y trouvait pas. Alors que Frances fixait la tache lumineuse, comme hypnotisée, attendant que la porte s'ouvre comme l'autre l'avait fait un peu plus tôt, la luminescence commença à envahir le couloir telle une brume. À sa lumière, elle pouvait distinguer le motif du papier peint et les rainures du parquet.

Elle n'osait toujours pas déranger ses parents. Elle savait que, dès l'instant où ils poseraient un pied dans le couloir, l'éclat se dissiperait et elle serait renvoyée dans sa chambre, punie pour ses cris et ses pleurs. C'est pourquoi elle décida de descendre rejoindre Zaddie, qui dormait dans son réduit à côté de la cuisine. Zaddie lui donnerait une couverture dans laquelle se pelotonner, et, étendue à même le sol, Frances serait parfaitement heureuse.

Il ne lui vint pas à l'esprit que ce qui se trouvait dans la chambre pourrait s'en prendre à tout le monde sauf à elle. Quoi que puisse être ce qui verrouillait et déverrouillait la penderie, ce qui produisait cette brume lumineuse, ce qui errait désormais dans la chambre d'ami, *ça* n'en voulait qu'à Frances.

Elle descendit l'escalier en courant et s'arrêta sur le palier à mi-étage. Derrière la large fenêtre, il faisait nuit noire. Les chênes d'eau n'étaient que des ombres massives et difformes. Elle ne voyait pas la digue. À nouveau, elle se tourna pour regarder derrière elle. La porte de la chambre était à présent grande ouverte, le halo se déversait sur le couloir, délavant ses couleurs. Les vitraux du petit porche réfléchissaient la lumière en teintes maladives.

Frances ferma les yeux et s'agrippa à la rampe, momentanément paralysée sur place, quand dans un bruit d'énorme explosion, la grande fenêtre derrière elle vola en éclats. Un millier de bris de verre et d'échardes de bois plurent sur elle, alors Frances ne retint plus ses hurlements.

LE SAC EN TOILE

Elinor et Oscar furent aussitôt réveillés par l'explosion et les cris simultanés de Frances et Queenie. Alors qu'Elinor se redressait dans son lit, un coup de feu se fit entendre et la fenêtre de leur chambre vola en éclats tandis qu'un tableau sur le mur opposé s'écrasait au sol. La maison paraissait subir une attaque depuis la digue.

« Pour l'amour de Dieu, Elinor, baisse-toi ! », cria Oscar.

Ignorant ses paroles, elle bondit hors du lit et se précipita dans le couloir en appelant sa fille.

D'autres coups de feu retentirent. Elinor entendit des fenêtres se briser au rez-de-chaussée. Les balles heurtèrent un côté de la maison avec un claquement sourd. Une fenêtre explosa quelque part à l'intérieur et Zaddie poussa un hurlement.

Queenie se tenait défaillante sur le seuil de sa chambre, adossée au chambranle. Le doigt sur l'interrupteur, elle s'apprêtait à éclairer le couloir.

« Non ! cria Elinor. Ne fais pas ça ! Ils vont voir dans la maison !

— Ça ne peut être que Carl ! », hurla follement Queenie.

Une balle, tirée par la fenêtre cassée de l'escalier, siffla dans le couloir et fit éclater trois vitraux de la porte à l'autre bout.

« Maman ?! », appela Malcolm d'une voix apeurée. Lucille et lui se tenaient devant la chambre des enfants, les yeux rivés sur le verre brisé à leurs pieds.

« Retournez à l'intérieur, dit précipitamment Elinor. Asseyez-vous par terre et surtout ne bougez pas. »

Les enfants hésitaient.

« Maintenant ! »

Lucille et Malcolm obtempérèrent, claquant la porte derrière eux.

« Queenie, va dans ta chambre et assieds-toi sur la chaise dans le coin. Quoi qu'il arrive, ne te lève pas.

— C'est Carl ! cria-t-elle désespérément. Il va tous nous tuer ! »

Les coups de feu, qui avaient brièvement cessé, reprirent de plus belle. Elinor se tenait bien droite devant la porte de sa chambre. Avec un claquement sec, deux balles se fichèrent au plafond.

« Frances !

— Maman ? répondit une voix terrifiée en bas.

— Où es-tu ?

— Dans l'escalier ! Je me suis coupée ! Il y a du verre partout !

— Surtout n'allume pas la lumière. Et n'essaie pas de remonter.

— Mam'selle Elinor !

— Zaddie ?

— C'est moi, mam'selle !

— Zaddie, toi non plus n'allume pas. Est-ce que tu vois Frances ?

— Oui.

— Zaddie, viens me sauver, chuchota Frances.

— Monte l'escalier et va la chercher, dit Elinor. Ensuite, vous irez vous mettre dans le hall. N'approchez pas des fenêtres.

— Vous voulez que j'appelle la police, mam'selle Elinor ?

— Non, Oscar est en train de le faire. »

À cet instant, Oscar posa la main sur l'épaule de sa femme.

« Je n'arrive pas à joindre Monsieur Key. On est sûrs que c'est Carl ?

— Qui d'autre pourrait vouloir nous tirer dessus ?

— Personne, je suppose. Tout le monde s'est écarté des fenêtres ? chuchota-t-il, comme si, à cette distance, Carl Strickland pouvait les repérer à leurs voix.

— Lucille et Malcolm sont dans leur chambre. Ils sont en sécurité, du moins pour l'instant, parce qu'elle donne à l'avant de la maison. Queenie est sur la chaise d'angle dans la chambre de Frances. Certaines balles ont traversé la moustiquaire de la véranda, et la fenêtre est cassée, mais si elle se tient tranquille, il ne lui arrivera rien.

— Où est Frances ?

— En bas avec Zaddie. Je leur ai dit de s'asseoir dans le hall. Frances s'est coupée quand la fenêtre de l'escalier a explosé.

— C'est grave ?

— Je ne sais pas.

— J'appelle le Docteur Benquith. »

Oscar retourna dans le petit salon de leur chambre, dont aucune fenêtre ne donnait sur l'arrière de la maison et le tireur fou qui s'y trouvait, pour appeler le médecin. Il revint ensuite à la porte, en disant : « Il arrive tout de suite. Je lui ai dit d'être prudent, mais… »

Elinor avait disparu.

Paniqué, il l'appela.

« Chut ! », fit-elle depuis le palier.

À quatre pattes, elle avançait sur le sol jonché de morceaux de verre. Une fois qu'elle eut dépassé la zone à risque près de la fenêtre brisée de l'escalier, elle se releva et descendit le reste des marches. Du verre crissait sous ses pieds.

« Oscar, je vais voir Frances. Toi, reste en haut. Assure-toi que Queenie et les enfants ne bougent pas.

— Tu aurais dû rester avec moi ! »

« Maman ! », cria Frances.

Sans se soucier des échardes et des bris de verre, Elinor s'assit sur la dernière marche, les bras grands ouverts ; sa fille s'y jeta.

« Frances, est-ce que tu as du verre dans les yeux ? Tu me vois ? »

Encore des coups de feu et du bois qui éclate.

« Il tire sur la tonnelle, dit doucement Zaddie.

— Maman, je saigne !

— D'accord, mais est-ce que tu peux voir ? Des deux yeux.

— Oui.

— Très bien, dit Elinor en l'écartant d'un baiser. Ne lâche surtout pas Zaddie, compris ? Quoi qu'il arrive. Et toi, Zaddie, garde la tête baissée. Celui qui nous tire dessus est encore sur la digue, mais il a cassé toutes les fenêtres à l'arrière de la maison et pourrait très bien s'approcher et entrer par l'une d'elles. S'il fait ça, je veux que vous alliez vous enfermer dans le cellier, vous m'entendez ? »

Il y eut un autre coup de feu, cette fois depuis l'intérieur de la maison.

« Maman !

— Chut ! C'est ton père qui tire sur Carl depuis l'étage. Le problème, c'est qu'il serait incapable de toucher quelqu'un à dix mètres. »

Elle se leva et se dirigea d'un pas rapide vers la porte d'entrée. Alors qu'elle posait la main sur la poignée, sa fille l'appela d'une voix suppliante :

« Maman, où tu vas ?!

— Chut ! fit Zaddie en saisissant Frances par la taille pour l'empêcher de courir après sa mère. Mam'selle Elinor, vous allez régler ça, pas vrai ?

— Je vais essayer », répondit-elle en se glissant dehors.

La porte se referma sur elle, laissant Zaddie et Frances dans les bras l'une de l'autre dans un chaos d'obscurité, de confusion et de peur.

Carl Strickland était confortablement assis au sommet de la digue derrière la maison d'Oscar et Elinor. Il avait deux carabines, un fusil de chasse à double canon, une caisse de munitions de calibre .22 et une boîte de cartouches. Il avait été surpris par la lumière blanc-bleu qui avait illuminé le couloir de l'étage, mais grâce à elle il avait pu viser la grande fenêtre de l'escalier. La lumière s'était aussitôt éteinte, et Carl avait été déçu qu'aucune autre ne s'allume. En entendant les cris, il s'était réjoui d'avoir au moins effrayé la maisonnée, même s'il n'avait pas eu la chance de tuer quelqu'un. Il s'était attendu à voir le shérif débarquer, mais personne ne s'était encore pointé. Il n'avait pas prévu de disposer d'autant de temps pour s'amuser, et puisque les occupants de la maison se défendaient aussi mollement, il s'était demandé s'il ne ferait pas mieux de faire le tour pour tirer dans les fenêtres latérales. Il savait au hurlement caractéristique de sa femme où était sa chambre. Par acquit de conscience, il avait tiré un coup de feu dans la moustiquaire de la véranda et avait souri en entendant du verre se briser à l'intérieur. « *Ça*, c'est la chambre de Queenie », se dit-il. Il imagina la balle qui creusait les bourrelets de chair de sa femme.

Il avait vu l'éclair d'un coup de feu à l'une des fenêtres à l'étage, mais la balle était allée se perdre on ne sait où. « *Ça*, c'est Oscar Caskey », pensa Carl en ripostant avec bien plus de précision.

Si eux aussi étaient armés, songea-t-il encore, mieux valait peut-être déguerpir. Il aurait d'autres occasions.

Il tira encore deux coups sur la maison, simplement pour décharger ses armes. Puis il fourra carabines, fusil et munitions dans un sac en toile, se leva, épousseta la crasse sur ses vêtements et descendit la digue du côté de la rivière, se servant du sac lesté pour garder l'équilibre.

Au loin, il entendit une auto. « *Ça*, c'est la police », se dit-il en balançant le sac dans le canot à bord duquel il était passé d'une berge à l'autre. Il poussa l'embarcation jusqu'à ce qu'elle soit à flots avant d'y grimper, prenant garde à ne pas la faire chavirer.

Alors qu'il saisissait les rames, il sursauta au bruit d'un clapotis étouffé en amont, mais ça pouvait être n'importe quoi. Il scruta les ténèbres sans rien distinguer. Il traversa rapidement la rivière, même si toute l'énergie qu'il avait déployée pour ramer ne l'avait pas empêché de se faire déporter par le courant. La berge nord de la Perdido, qu'aucune digue ne protégeait, était marécageuse et glissante. Au-delà, s'étendait un vaste bois de vieux chênes, sous lesquels il avait dissimulé l'auto que lui avait offerte James Caskey en échange de son plus jeune fils.

C'était une nuit sans lune, le ciel était voilé. Silencieuse, régulière, rapide et inexorable, la Perdido coulait vers le tourbillon à la confluence, quelques centaines de mètres en aval.

Carl descendit de la barque avec prudence. Son pied gauche s'enfonça profondément dans la boue. Il l'en extirpa avec une expression de dégoût et avança en terrain plus sec, traînant le canot derrière lui. Ces chênes-là comptaient parmi les plus grands d'Alabama, et très certainement les plus anciens. Sur une surface d'un ou deux hectares, une multitude de ces arbres au feuillage persistant même en hiver se dressaient tels des dômes noirs, leurs branches basses si massives que leurs extrémités grattaient le sol. Ces parapluies vivants ornés de mousse formaient une épaisse formation sous laquelle nulle herbe ne poussait, nul animal ne vivait, et où il faisait noir même par une nuit de pleine lune. Les enfants, qui pourtant n'avaient aucun scrupule à chevaucher de leurs bicyclettes un cimetière indien, craignaient de venir y jouer. Ces arbres étaient majestueux, mais d'une manière déplaisante, comme s'ils avaient été conçus tel un monument en l'honneur de quelqu'un qui aurait vécu là bien avant les Américains, les Anglais, les Français, les Espagnols ou les Indiens – ces peuples qui, tour à tour, avaient revendiqué la propriété de ce bois.

Carl avait l'intention de cacher la barque sous l'une de ces impressionnantes canopées, à peu près certain que personne ne viendrait l'y chercher. Il n'en avait pas fini avec les Caskey et sa femme.

Il sortit le sac en toile et le posa avec précaution dans une sorte de clairière entre deux arbres non loin de la berge. Traînant ensuite l'embarcation vers le chêne le plus proche, il pénétra dans l'espace confiné derrière le rideau de branches tombantes. Il ne voyait rien. Il poussa un léger cri quand un filet de mousse s'enroula autour de son visage. Sans cérémonie, il lâcha le canot au pied du tronc immense et, les bras tendus en avant, refit à tâtons le chemin en sens inverse. Le vent gémissait dans les branchages ; à nouveau, de la mousse lui tomba dessus, tel un filet que l'on jette sur une bête sauvage. Lorsqu'il leva la main pour s'en débarrasser, ses doigts s'y emmêlèrent et il l'arracha d'un geste impatient.

Ses mains dressées devant lui heurtèrent une

branche qu'il n'avait pas vue. Lorsqu'il sortirait de sous cette chape impénétrable, même cette nuit noire lui paraîtrait lumineuse.

Il avançait prudemment, espérant ne pas se cogner ou s'embrocher sur les plus petites branches, quand un fracas hors du périmètre de l'arbre figea son pas. Il sut aussitôt que c'était ses armes que l'on jetait en tas. Un bruit de bois que l'on fend suivi d'un raclement métallique prolongé lui indiquèrent que sa caisse de munitions venait d'être ouverte et son contenu éparpillé.

« Hé ! », cria-t-il, mais sa voix n'était ni aussi forte ni aussi menaçante qu'il l'aurait voulue. Il se fraya rapidement un chemin à travers l'entrelacs de branches et émergea à ciel ouvert.

Dans la clairière où il avait laissé le sac en toile de jute, se tenait une femme vêtue d'une chemise de nuit blanche qui luisait de l'eau de la rivière dont elle était imprégnée. Dos à Carl, elle ramassa l'une des carabines et la jeta sans effort dans la Perdido. Il fonça sur la silhouette. Sans se presser, la femme ramassa les deux armes restantes et les lança elles aussi dans l'eau. Puis elle fit demi-tour pour faire face à Carl.

C'était Elinor Caskey.

« Queenie a bien dit que c'était toi qui nous tirais dessus depuis la digue. »

Il se précipita sur elle, le bras levé prêt à frapper. D'un simple geste de la main, elle le repoussa.

La puissance de ce coup désinvolte le projeta au sol.

Il la dévisagea avec incrédulité. Il distinguait à peine ses traits dans l'obscurité, mais la chemise de nuit continuait à luire.

« Mes flingues… fit-il d'une voix hésitante.

— J'avais besoin du sac », répondit Elinor.

Il sauta sur ses pieds et, perplexe, se mit à lui tourner autour. L'avait-elle réellement frappé assez fort pour l'envoyer au tapis, ou avait-il seulement perdu l'équilibre avant de tomber ? Il était derrière elle maintenant.

« Pour quoi faire ? », demanda-t-il.

Il distingua un sourire fugace sur son profil alors qu'elle se tournait à nouveau.

« Oh, pour toi, Carl. »

De toutes ses forces, il lui projeta son poing dans le ventre. Mais ce ne fut pas de la chair qu'il rencontra, c'était plus élastique, plus résistant. Elinor parut se tenir encore plus droite après le coup. Elle leva le bras. Quelque chose – pas une main – vint enserrer l'épaule de Carl.

D'une pression aussi sûre que soudaine, Carl sembla se tasser vers le sol. Mais comme elle n'avait été appliquée que sur son épaule, seule une moitié de son corps fut compressée. La clavicule céda en premier ; avec un long craquement, les côtes se télescopèrent. Un fragment d'os perfora son poumon et trancha une artère. Le bassin fut transpercé par son fémur et la rotule se disloqua. Sous la force, le tibia et le pied se brisèrent.

Carl poussa un hurlement qui mourut lorsque son poumon s'emplit de sang.

Une moitié de son corps restait entière tandis que l'autre ne faisait désormais plus qu'un tiers de sa taille originelle.

Avec le même mouvement, Elinor abaissa l'appendice qui n'était pas une main sur l'autre épaule de Carl. Doucement, elle appuya.

Bouche béante levée vers elle, Carl la regardait – le corps entièrement démoli, les os disloqués, les ligaments déchirés, les organes déplacés. Sa colonne vertébrale était intacte, mais elle ne servait plus qu'à lui donner la forme d'une boule. Sa taille avait réduit de moitié. D'instinct, il tenta de se redresser, de se mettre debout, mais son corps refusa bien entendu de lui obéir. Seul son cou s'étira légèrement ; son menton se tendit vers la nuit.

Soudain, Elinor se baissa face à lui, mais son geste ne fut pas celui d'une femme qui s'accroupit ou tombe à genoux. C'était celui d'une créature entièrement différente. Carl entendit sa chemise de nuit se déchirer en plusieurs endroits, comme si elle n'avait plus été adaptée au corps qui la portait. Son visage n'était qu'à quelques centimètres du sien, et malgré l'obscurité, il devina une tête large, plate et ronde, des yeux protubérants et immenses ; avec un sifflement mouillé, la bouche monstrueuse, dénuée de lèvres, se fendit d'un sourire qui n'avait rien d'humain.

Une nouvelle fois, elle leva les bras. Carl eut un hoquet et grimaça dans l'attente du coup fatal. Pourtant rien ne vint. Seulement les ténèbres, et une entêtante odeur de toile.

Elle lui passait le sac sur le corps.

Carl pria pour que vienne la mort, mais il ne mourut pas ni ne perdit connaissance. Son corps en dessous du cou avait beau n'être qu'une continuelle explosion de douleur, son esprit demeurait impitoyablement clair.

« Il n'existe pas de pire souffrance », songea Carl. Pas même après mille morts. Pas même après mille ans en enfer.

Il se trompait : la douleur empira. Il fut brusquement projeté dans les airs à l'intérieur du sac en toile et transporté cul par-dessus tête. Le sac ne traînait pas par terre ni ne cognait les genoux d'Elinor ; elle devait le porter d'une main, à bout de bras. Quelle femme – quel *homme* – avait autant de force ? Le cerveau de Carl se gorgea de sang. Dans le sac, ses membres brisés glissèrent au niveau de sa tête jusqu'à ce qu'ils manquent de l'étouffer. Les fragments d'os de son bras gauche lui lacéraient le visage. Carl Strickland avait été un homme imposant, et voilà qu'on le transportait dans un sac qui n'aurait pas pu contenir sa petite fille.

Le chaos de membres pressé contre son visage

ne parvint pas à l'asphyxier assez vite, car son esprit encore alerte l'avertit qu'on le conduisait vers la Perdido. Elinor entra lentement dans l'eau. Au sommet de son crâne, il perçut la rivière effleurer le sac, il sentit le courant plaquer la toile contre son oreille. Une odeur nauséeuse emplit l'espace confiné et il goûta la boue à mesure que l'eau s'infiltrait et se déversait dans sa bouche.

Ce ne furent pas ses artères déchirées, ses poumons perforés, ses organes éventrés ou ses os brisés qui tuèrent le mari de Queenie. Carl Strickland mourut noyé dans la Perdido.

CAS DE CONSCIENCE

La nuit où Carl Strickland avait lâchement attaqué la maison d'Oscar, le shérif de Perdido buvait un verre avec des amis à la limite de l'État, mais côté Floride. Le temps qu'il revienne en ville et soit mis au courant du déchaînement de Carl, les Caskey avaient réglé l'affaire et passaient en revue les dégâts matériels qu'ils avaient subis. En entrant dans la maison, Charley Key émit un sifflement bas, regarda Oscar et dit :

« C'est Monsieur Strickland qui a fait ça ? Vous êtes sûr ?

— Oui, répondit sombrement Oscar.

— Il est encore dehors ?

— Non, il est parti.

— Comment vous savez ça ? »

Dans l'escalier, Zaddie balayait marche après marche les morceaux de bois et de verre brisé. Elinor sortit de la cuisine, sa fille blessée dans les bras. Pâle et éperdue, Frances s'accrochait au cou de sa mère.

« Je le sais, dit Oscar, parce que ma femme est sortie et s'est faufilée jusqu'à la digue.

— Je l'ai vu rassembler ses armes, descendre la digue et prendre un canot, intervint Elinor sans une once d'amabilité pour le shérif. Mais il devait être saoul parce que le bateau a chaviré.

— Madame Caskey, vous êtes folle d'être partie à sa poursuite ! s'écria le shérif. Regardez les dégâts qu'il a causés ici. Vous auriez pu vous faire tuer !

— J'étais armée, dit-elle d'un ton glacial. Et puis, je n'ai pas le souvenir que la police se soit précipitée pour nous porter secours. Oscar tirait sur Carl depuis la fenêtre, donc je suis sortie par l'avant pour le prendre par surprise.

— Vous avez fait feu ?

— Je n'en ai pas eu besoin. C'est la rivière qui l'a eu, *shérif*, poursuivit Elinor en appuyant sur le titre avec ironie. Oscar et moi, nous vous sommes reconnaissants d'être passé dire bonjour – on se réjouit que vous ayez attendu que les choses se calment, si vous étiez venu plus tôt nous n'aurions pas eu le temps de bavarder. Mais maintenant il faut nous excuser, je dois finir de soigner ma fille.

— On va passer la rivière au peigne fin, dit Key en se rengorgeant. On va trouver Carl Strickland et le mettre derrière les barreaux…

— Charley, le coupa Oscar, c'est exactement ce que je vous ai demandé de faire il y a quelques semaines, mais vous ne m'avez pas écouté. Pas de traitement de faveur, m'avez-vous dit. Eh bien Queenie Strickland est encore couverte d'ecchymoses et pleure dans sa chambre. Ma petite fille est coupée de partout. Il n'y a plus une fenêtre intacte dans toute notre foutue baraque. Et Carl Strickland est en train de faire des ronds à l'embouchure. Alors pourquoi ne pas juste rentrer chez vous et vous reposer ? »

À cet instant, Zaddie balaya par la balustrade de l'étage un gros tas d'éclats de verre qui s'écrasa dans un crash sonore et un nuage de poussière dans le hall en contrebas.

Cette nuit-là, Frances refusa de retourner dans la chambre d'ami. Elinor était sur le point d'insister quand Zaddie prit la défense de l'enfant.

« Mam'selle Elinor, elle a encore peur. Laissez-la dormir avec moi.

— Mais ton lit est minuscule !

— Je m'en fiche, maman ! », s'écria Frances au désespoir.

Aussi lui permit-on de dormir avec Zaddie dans le réduit derrière la cuisine, mais non sans lui avoir rappelé qu'elle ne devait cette faveur qu'à l'attaque.

À l'aube, lorsque la maison eut retrouvé son calme et que les enfants se furent endormis, Elinor et Oscar étaient au lit, encore éveillés. Une brise venue de la rivière, charriant des odeurs d'eau et d'argile, soufflait par la fenêtre que les balles de Carl Strickland avaient fait voler en éclats.

« Oscar, tu n'arrives pas à dormir ?

— Non.

— À cause de l'attaque ?

— En partie. Je réfléchissais.

— À quoi ?

— Au mensonge que tu as raconté à Charley Key.

— C'est vrai, je lui ai menti, répondit Elinor aussi sec. Je n'allais quand même pas me fatiguer à dire la vérité à cet imbécile !

— Qu'est-ce qu'il s'est passé là-bas avec Carl ? »

Elinor ne dit rien pendant quelques instants. Elle se tourna sur le côté et posa son bras sur la poitrine de son mari.

« Qu'est-ce que tu crois qu'il s'est passé, Oscar ? »

Il resta un moment sans bouger. À présent, l'aube éclairait faiblement la chambre.

« Je ne sais pas, finit-il par admettre. Je sais que tu as menti à Charley Key... Tu n'étais pas armée quand tu es sortie. Quand tu es revenue, ta chemise de nuit était trempée et tes pieds étaient couverts de boue. Je sais que tu es entrée dans la Perdido parce qu'à ton retour tu *sentais* la rivière. J'ignore comment tu vas pouvoir porter à nouveau cette chemise de nuit. »

Se rapprochant davantage d'Oscar, elle l'entoura de son bras et pressa son pied contre les siens.

« Carl est mort, dit-elle à voix basse. Je l'ai vu se noyer.

— Je te crois, répondit Oscar, les yeux rivés au plafond, les bras croisés derrière la nuque. Si seulement je lui avais fait sauter la cervelle, poursuivit-il. C'est ça que j'aurais aimé. Tu te rends compte, il tirait sur notre maison ! Il aurait pu toucher Frances, toi, Queenie, n'importe lequel d'entre nous ! Si seulement j'avais pu me rapprocher, je lui aurais brûlé la cervelle. Elinor ?

— Oui ?

— Est-ce que tu as aidé Carl Strickland à mourir ? »

Elle caressa son cou.

« Oui.

— C'est bien ce que je pensais, chuchota-t-il tristement. Comment tu t'y es prise ? Comment tu as réussi à t'approcher sans qu'il te tire dessus ? »

Elinor pressa ses jambes contre celles d'Oscar et glissa son pied sous ses chevilles. Elle était serrée tout contre lui

« Si je te raconte, tu vas te fâcher ?

— Seigneur, non, fit-il doucement. Je viens juste de te dire ce que j'aurais aimé lui faire si j'avais pu.

— Il faisait noir, murmura Elinor à l'oreille de son mari, leurs têtes toutes proches sur le traversin. Il ne pouvait pas me voir. J'ai nagé sous l'eau et j'ai fait chavirer son bateau pendant qu'il traversait la rivière.

— Vous vous êtes battus ?

— Non, il n'a même pas compris ce qui lui arrivait.

— Est-ce que tu *essayais* de le tuer ?

— Pas vraiment. Je voulais seulement que ses armes soient mouillées, comme ça elles seraient inutilisables. Une fois dans l'eau, il a paniqué. Je l'ai vu se débattre, et puis il s'est noyé.

— Tu as essayé de le sauver ?

— Non, pas vraiment. Tu m'en veux ? Tu crois que j'aurais dû l'aider ?

— Non, soupira Oscar. Tu as agi comme il fallait. J'aurais juste aimé que ça ne soit pas toi qui le fasses. Ça va peser sur ta conscience ?

— Je ne crois pas.

— Bien. Parce que ça ne devrait pas. Carl est responsable de ce qui lui est arrivé. Si tu n'avais pas fait ce que tu as fait, tôt ou tard il serait revenu et aurait tué quelqu'un. Queenie, à mon avis. C'est elle qu'il visait. Comment deux personnes peuvent être si mal assorties, ça me dépasse… Pauvre Queenie. Elle sera soulagée de savoir que Carl est parti pour de bon. Mais je ne pense pas qu'on devrait lui dire que c'est toi qui l'as tué.

— Oscar, tu m'en veux ? Il y a des maris qui n'accepteraient pas que leur femme sorte la nuit tuer des gens.

— Pas moi, fit-il avec un petit rire. Du moins, tant que ça ne devient pas une habitude.

— Mais tu as quand même l'air un peu fâché.

— Je le suis. C'était à moi de le tuer, pas à toi. C'était à moi d'avoir ça sur la conscience.

— Et comment tu t'y serais pris ? rit Elinor. Tu serais incapable de toucher la digue même si tu étais à cinq mètres, et tu le sais très bien ! Et puis, jamais tu ne serais allé nager dans la Perdido en pleine nuit. Ça ne pouvait être que moi.

— Tu as sans doute raison. Mais écoute-moi, s'il doit y avoir d'autres meurtres dans la famille, c'est *moi* qui m'en charge, compris ? Bon, est-ce que tu es prête à dormir maintenant ?

— Pas encore », murmura-t-elle.

Elinor avait eu beau se laver et changer de chemise de nuit, dans l'aube qui suivit la mort de Carl Strickland, Oscar trouva que l'odeur de la rivière était encore là, dans les cheveux de sa femme, et sur les bras et les jambes pressés contre son corps.

Tôt le jour suivant, Bray et Oscar conduisirent Queenie, sur une chaise roulante, jusqu'au sommet de la digue. Elinor avait apporté une ombrelle pour la protéger du soleil. Lorsque Zaddie, Frances et les enfants de Queenie les eurent rejoints, tout le monde s'installa pour observer l'opération de dragage.

En moins d'une demi-heure, la police avait repêché les trois fusils de Carl, formellement identifiés par Queenie et Malcolm. Impossible en revanche de retrouver le corps.

« Queenie, dit James qui s'était joint au groupe et se tenait à présent à ses côtés, compatissant. Je suis sincèrement désolé.

— Désolé de quoi James ? répondit-elle. Tu as vu ce que cet homme m'a fait ? Tu sais que je risque de boiter toute ma vie et de perdre définitivement la vue d'un œil ? Carl Strickland a cassé presque toutes les fenêtres de la maison d'Elinor et Oscar ! C'est un miracle que personne ne soit mort. Tu as vu les coupures sur le visage de Frances ? », lança Queenie en agitant dans sa colère l'ombrelle au-dessus d'elle.

Au cours de la matinée, presque tous les habitants de la ville se rassemblèrent aux côtés de Queenie pour regarder s'affairer la police et le shérif Key dans leurs bateaux en contrebas. Tous savaient qu'il ne servait à rien de draguer la rivière. Le courant était fort, et la confluence un maelström d'où les corps ne ressortaient quasiment jamais. Cependant, Carl Strickland était un criminel, et il était préférable de réussir à prouver son décès.

Accompagnée de Miriam, Mary-Love fit une brève apparition.

« Queenie, pourquoi nous as-tu ramené cet homme ? demanda-t-elle. Pourquoi ne l'as-tu pas laissé à Nashville ? Il a fait un de ces boucans hier soir ! Imagine si une balle perdue avait touché ma précieuse petite Miriam !

— Les coups de feu m'ont réveillée ! intervint la fillette, visiblement irritée.

— Mary-Love, je te jure que je ne l'ai pas fait exprès...

— En tout cas, j'espère qu'on va le retrouver. Comme ça, on sera sûrs qu'il ne remettra plus les pieds ici. À cause du tapage, Miriam et moi n'avons pas pu fermer l'œil de la nuit. Mes oreilles en bourdonnent encore !

— Moi aussi j'espère qu'on va le retrouver », dit Queenie. Elle plongea sa main dans la poche de sa robe où elle fit tinter les deux pièces d'argent de Carl Strickland. « Cet homme, je veux le voir étendu sur les berges de la rivière. Et quand ce sera fait, je me glisserai le long de cette pente. Tu vois, Mary-Love, j'ai ces deux pièces pour les yeux de Carl Strickland... »

Le corps demeura introuvable, quoiqu'il ne fasse aucun doute pour personne qu'il s'était noyé. Son auto avait été retrouvée dans le bois de chênes, ses armes repêchées au fond de la rivière, et des morceaux de la barque s'étaient échoués sur la berge en aval de l'embouchure. À l'école, Malcolm racontait à qui voulait l'entendre comment son père avait tenté de les assassiner : « Il visait pile ma tête, mais j'ai réussi à l'esquiver ! J'allais quand même pas le laisser me tirer dessus ! » Lucille feignait le chagrin dès qu'il lui fallait participer à de rébarbatives activités scolaires.

Le troisième jour de dragage s'apparenta à une mascarade : un seul agent équipé d'un crochet en métal sondait mollement la rivière à bord d'un canot dirigé par Bray. Depuis son poste d'observation sur la digue, Queenie dit à Ivey, venue lui apporter un pichet de thé glacé :

« À ton avis, qu'est-ce qu'il faut que je fasse de ces pièces ? Tu crois qu'il faut que je les garde ?

— M'sieur Carl va pas revenir, Madame Queenie.

— Tu en es sûre ?

— Ils vont jamais le retrouver.

— Comme j'aimerais en être certaine !

— Levez-vous donc, Madame Queenie, et jetez ces pièces dans la rivière. Ça devrait garder ses os dans la boue. »

Avec l'aide d'Ivey, Queenie se leva de la chaise roulante et lança les pièces d'argent dans l'eau rouge et boueuse.

LE TEST

Aux yeux de Perdido, les deux tentatives de meurtre de Carl Strickland sur sa femme avaient entièrement éclipsé l'enchaînement de désastres à Wall Street. La Bourse s'était certes effondrée, mais qui, hormis les propriétaires des scieries, possédait grand-chose à Perdido de toute façon ? Personne ne prêta vraiment attention au marché financier, mais tous attendaient avec impatience de voir ce qu'il allait advenir de Queenie. Elle reprit son emploi aux côtés de James. Elle avait ouvert en grand toutes les portes de chez elle et ne se donnait plus jamais la peine de les fermer à clé. Elle emmenait Malcolm et Lucille au *Ritz* à chaque nouveau film et semblait s'amuser autant qu'un élève dispensé de cours en plein mois de mai.

Queenie se rétablit vite. Le jour après s'être assurée de la mort de son mari en jetant les deux pièces dans la rivière, elle avait regagné son domicile. Son départ tombait à point nommé, car lorsque

Frances s'était réveillée dans le lit de Zaddie au lendemain de l'attaque, elle avait développé une forme de paralysie aux pieds et aux mains – une affection rare chez une enfant de sept ans – que le docteur Benquith diagnostiqua comme un début d'arthrite. On la retira de l'école pendant un mois, période durant laquelle Elinor la veilla sans relâche. Queenie était persuadée que c'était dû à l'attaque. La plupart des habitants de la ville approuvaient, ignorant les assertions répétées du médecin selon quoi on ne développait pas d'arthrite à cause d'un traumatisme.

Plus d'un an passa, et le bonheur de Queenie attira autant l'attention que ses malheurs l'avaient fait. Cependant, le krach commençait à avoir des répercussions à Perdido. Personne, pas même les clairvoyants Caskey, n'avait anticipé l'ampleur de ses effets.

La banque fit faillite la semaine de Noël 1930. En ville, tous les Blancs, hommes et femmes, perdirent de l'argent.

Malgré la baisse de la demande de bois et de planches de charpente, les scieries Turk et Caskey continuèrent à tourner. Personne ne fut licencié, même s'il n'y eut pas toujours assez de travail pour tous les ouvriers et que l'industrie du bois se mit à ressembler davantage à une organisation caritative qu'à une entreprise.

Perdido paraissait souffrir moins qu'ailleurs.

Ou peut-être n'en avait-elle que l'apparence; après tout, la ville était habituée à affronter l'adversité. La prospérité des années 1920 n'avait qu'effleuré l'Alabama rural. Aussi, lorsque dans un frou-frou de jupons elle avait pris la poudre d'escampette et déserté le pays, Perdido avait si peu goûté sa compagnie qu'elle ne la pleura pas. Les privations dues à la guerre de Sécession semblaient encore fraîches, et certains aïeux de Baptist Bottom étaient nés esclaves. Mary-Love Caskey et Manda Turk avaient toutes les deux vu le jour pendant l'humiliante époque de la Reconstruction. Pourtant, le manque se faisait encore plus sentir à présent. L'épicerie « fine » de Grady Henderson perdit son pompeux épithète, et Leo Benquith dut accepter poulets, côtelettes de porc et bassines de pois écossés contre son savoir-faire de médecin. L'école connut une recrudescence de teignes et de rachitisme. Les familles les plus humbles peinaient à servir en quantité suffisante de la nourriture saine sur leurs tables. Plusieurs boutiques du centre-ville mirent la clé sous la porte. L'*Osceola* aurait fait pareil si Henry et Oscar n'avaient pas prêté aux Moye l'argent nécessaire pour le maintenir à flot. Ils avaient besoin de l'hôtel pour loger les rares acheteurs qui arrivaient du nord du pays, pourtant touché de plein fouet par la crise. À l'église, les collectes rapportaient moins que les années précédentes, en dépit d'une hausse de la fréquentation.

Probablement pour les mêmes raisons, le *Ritz* – y compris le balcon réservé aux Noirs – ne désemplissait pas.

Pourtant, les Caskey restaient solvables. Les opérations de diversification d'Oscar généraient suffisamment de trésorerie pour permettre à la scierie de fonctionner. Par chance, les capitaux de Mary-Love avaient été investis dans des secteurs peu affectés par la Dépression. Mais les achats fantaisistes de linge de maison et de robes à Mobile ou Birmingham cessèrent. Mary-Love portait ses vieilles tenues, ou bien se contentait d'en commander de nouvelles à Madame Daughtry. Oscar allait chaque jour à la scierie, bien qu'il n'ait pas toujours de quoi s'occuper.

La crise toucha James bien plus que Mary-Love. La majeure partie de ses actions avaient perdu leur valeur, et la compagnie ne générait aucun bénéfice. Malgré ses déboires financiers, il était de nouveau heureux. À soixante ans, il se réjouissait même de ce ralentissement dans les affaires. La scierie n'avait pas besoin de lui pour fonctionner, et c'était tant mieux. Queenie et lui étaient devenus intimes. Chaque jour, ils déjeunaient ensemble chez lui et passaient l'après-midi à bavarder au bureau. Ses soirées se déroulaient tranquillement à la maison à écouter la radio. Danjo s'asseyait généralement à ses côtés sur le canapé pour lire, lui demandant de l'aide pour les mots difficiles. James avait appris à se contenter du nécessaire et éprouvait une grande joie à prendre soin de ceux qui en avaient besoin. Lorsque Roxie allait faire des courses, il s'assurait qu'elle achète de quoi les nourrir, Danjo et lui, mais aussi son époux et leurs quatre enfants. Queenie recevait une augmentation presque tous les mois et son salaire lui était versé en liquide directement de la poche de James. À Vanderbilt, les camarades de Grace s'extasiaient chaque semaine devant la nouvelle enveloppe de billets arrivée par la poste. James, pour sa part, ne s'achetait plus rien, pas même un nouveau costume pour Pâques. Il avait mis un terme à ses achats compulsifs de figurines en porcelaine ou de pelles à tarte en argent massif, prétextant – à raison – que sa maison était déjà pleine de babioles semblables.

Seuls Oscar et Elinor connaissaient de véritables difficultés. Oscar devait encore payer une partie de l'emprunt pour le rachat des terres de Tom DeBordenave, et parce qu'on coupait très peu de bois, les revenus qu'il percevait sur ce terrain étaient fortement réduits. La maigre marge qu'il dégageait servait à rembourser la banque de Pensacola. Le ménage vivait sur son seul salaire.

Au printemps 1931, le prêt d'Oscar fut résilié. Cet après-midi-là, sans en toucher un mot à quiconque, Oscar se rendit à Pensacola et obtint une entrevue avec le directeur de la banque. Il apprit que celle-ci rencontrait elle-même des difficultés.

Elle avait demandé le remboursement total et immédiat du prêt pour éviter d'avoir à mettre la clé sous la porte. Cependant, les Caskey ayant depuis toujours été des clients privilégiés de l'établissement, il fut donc convenu – après une assemblée des membres du conseil organisée en urgence – que seule la moitié de la dette devrait être recouvrée au plus vite.

Ce soir-là, Oscar rendit visite à sa mère. Dans la chambre de celle-ci, à l'abri des oreilles indiscrètes, il lui demanda de lui prêter cent onze mille dollars afin de préserver son investissement, son équilibre financier, l'honneur des Caskey et l'avenir de la scierie. Elle refusa.

« Oscar, je t'avais dit de ne pas acheter ces terres.

— Non, maman, répondit-il calmement. Tu n'as découvert la transaction qu'après coup.

— Si tu avais eu la courtoisie de m'en parler avant, je t'aurais dit de ne pas les acheter. Je suis contente que la banque te mette au pied du mur. Tu n'aurais jamais dû t'encombrer de ces terres.

— Maman, il y a des *arbres* dessus. Chaque hectare a été replanté avec des pins jaunes.

— James et moi possédons quatre-vingt mille hectares de forêt dans les comtés d'Escambia, de Monroe et dans le nôtre. Chacun de ces quatre-vingt mille hectares est planté de pins jaunes, de pins des marais et de pins d'Elliott. À quand remonte notre dernière vraie commande ? Est-ce que c'était avant-hier, ou il y a trois semaines ? Seigneur, Oscar, nous n'arrivons même pas à écouler le bois en stock !

— Maman, tu fais exprès de ne pas comprendre ? », demanda Oscar en lançant un coup d'œil à sa propre maison par la fenêtre. Il apercevait sa femme et sa fille assises sur la balancelle de la véranda. Sous une lampe à franges rouges, Elinor faisait la lecture à Frances d'une voix douce dont il ne distinguait qu'un murmure.

« Qu'est-ce que tu veux dire ?

— Je te demande de me prêter cet argent, à moi, pas à la scierie. Ces terres sont la seule chose que je possède. Si je les perds, je n'aurai plus rien.

— Tu as ta maison.

— Cette maison t'appartient, maman. Tu ne m'as jamais donné l'acte de propriété, dit tristement Oscar.

— Tu as ton travail à la scierie.

— C'est vrai, répondit-il. Et je me suis tué à la tâche pour elle. Chaque centime que j'ai gagné est allé directement dans vos poches, à toi et James… Attends, je ne suis pas en train de me plaindre. Je suis heureux de l'avoir fait. Cette scierie appartient aux Caskey, et j'en suis un. Mais, maman, d'après moi, il serait juste que tu me donnes un petit quelque chose pour me remercier de t'avoir rendu la vie plus facile en ces temps troublés.

— Je n'appelle pas cent onze mille dollars “un petit quelque chose”.

— Tu as l'argent. Je le sais, parce que c'est *moi* qui l'ai gagné pour toi. J'ai déposé moi-même les chèques sur ton compte bancaire à Mobile.

— Ce n'est pas à moi de payer les pots cassés. Tu n'as pas besoin de ces terres, Oscar. Oublie-les. Laisse la banque les reprendre. D'ailleurs, ils n'auraient jamais dû te prêter cette somme pour commencer. Et puis, j'aimerais savoir quelle garantie tu leur as offerte. Peut-être que tu leur as donné Frances ? De la même façon que tu as troqué Miriam contre ta maison ? »

Oscar eut honte de la cruauté de sa mère.

« Très bien, maman, dit-il en se levant, la voix et le visage impassibles.

— Oublie cette histoire, tu n'y connais rien en propriété foncière.

— Comme tu veux, maman. »

Il se tenait debout, droit et immobile, et la dévisageait. Elle était assise sur un siège à bascule à côté de la fenêtre. Par-dessus son épaule, il voyait Elinor et Frances, baignées de la douce lumière de la lampe. Il entendait la voix de sa femme se mêler à celle de leur fille tandis que toutes les deux lisaient un poème à voix haute. L'air du soir était frais et humide. Loin au-dessus du sol, les branches des chênes d'eau craquaient. Sous le regard d'acier de son fils, Mary-Love s'agita avec nervosité.

« La seule raison pour laquelle tu fais ça, c'est Elinor, fit-elle. Si elle n'avait pas été là, tu serais parfaitement heureux à faire ce que tu as toujours fait. C'est elle qui t'a forcé à t'endetter jusqu'au cou pour des terres qui ne vont t'apporter que du malheur.

— Maman, c'est réellement ce que tu penses ?

— Parfaitement. Et c'est la vérité.

— Tu hais donc Elinor à ce point ?

— Chut ! Elle va t'entendre !

— Maman, réponds-moi. Est-ce que tu la hais au point de provoquer ma faillite uniquement pour lui nuire ?

— Tout va bien se passer, Oscar. Tu crois que je te laisserais mourir de faim ?

— Non. Mais je crois que ça ne te déplairait pas de voir Elinor, Frances et moi te supplier à genoux pour que Miriam nous apporte de quoi manger. »

Mary-Love demeura silencieuse. Même s'il n'y avait aucune trace de colère ou d'émotion dans sa voix, jamais son fils ne lui avait parlé de cette façon.

« Oscar, reprit-elle comme s'il n'avait rien dit, tout ça va te servir de leçon.

— La faillite, une leçon ?

— Ça va t'apprendre à ne pas agir de façon inconsidérée. »

Oscar lâcha un petit rire sans joie.

« Maman, je ne vais pas faire faillite. Je vais garder ces terres.

— Comment ça ?

— Puisque tu refuses de m'aider, James va le faire.

— Il ne le fera pas !

— Maman, James s'est porté garant pour moi. Si je ne paie pas, la banque se retournera contre lui. Et tu sais que si ça arrive, James devra vendre tout ce qu'il possède pour rembourser l'emprunt. Ça ne sera pas facile pour lui, et je déteste le mettre dans cette situation, mais il veillera à ce que la banque soit remboursée. Alors c'est à *lui* que je devrai l'argent et non plus à la banque.

— Seigneur, Oscar, si ce que tu dis est vrai, pourquoi es-tu venu me voir ?

— Parce que tu es ma mère, que tu es riche et que j'ai travaillé pour toi toute ma vie. C'est grâce à *moi* que tu es riche. J'ai pensé qu'il était temps que tu fasses un geste pour m'aider.

— Je vais t'aider, mon fils. Je te donnerai ce que tu veux.

— C'est faux, maman, répondit Oscar qui avait marché jusqu'à la porte de la chambre et s'était adossé contre le battant, la main sur la poignée. Tu viens de me l'avouer. Tu préfères me voir faire faillite plutôt que de m'aider ; même si, au final, tu causerais plus de tort à James, à la scierie et à toi-même. Tu le ferais uniquement pour punir Elinor et me punir de l'avoir épousée.

— Tout ceci n'était qu'un test ! Tu n'avais aucune intention de m'emprunter cet argent, tu voulais juste voir si je céderais ! C'est… c'est méprisable, c'est…

— Non, maman, dit-il en secouant la tête, sa voix douce l'emportant sur la colère de sa mère. J'avais réellement besoin de toi, cette fois. James m'a déjà aidé, et je voulais qu'à ton tour tu me tendes la main, mais tu n'as pas voulu. Ça m'attriste beaucoup, maman…

— Qu'est-ce que tu vas faire ? », demanda Mary-Love d'une voix basse et suspicieuse. Le test n'était peut-être pas encore fini.

« Je vais emprunter l'argent à James. Je te l'ai dit.

— Tu es sûr qu'il l'a ? Tu es sûr qu'il va te le donner ?

— J'en suis certain. Personne ne sera en défaut de paiement. Je vais me sortir de cette mauvaise passe, et un jour, je rembourserai James. La scierie Caskey aussi va s'en sortir, et toi, maman, tu vas devenir encore plus riche. Et quand tu seras morte, on remplira ton cercueil de dollars, puis on t'enterrera juste à côté de Genevieve, et je suppose que tu t'amuseras comme une folle, avec elle pour te tenir compagnie et tout cet argent pour te tenir chaud. »

Après le départ de son fils, Mary-Love resta seule dans la chambre sombre à regarder par la fenêtre. Elle vit Oscar entrer dans la véranda, embrasser Elinor et prendre Frances dans ses bras.

Elle entendit le murmure de sa voix tandis qu'il lisait une histoire à sa fille.

Le lendemain, Luvadia Sapp frappa à la porte d'Elinor.

« Bonjour Luvadia, la salua cette dernière. Je peux faire quelque chose pour toi ?

— Madame Mary-Love m'a demandé de vous remettre ça », répondit-elle en lui tendant un document plié et scellé par un cachet en cire rouge.

Ce matin-là chez le notaire, Mary-Love avait signé les papiers qui faisaient d'Oscar et Elinor les propriétaires de leur maison.

À LA SOURCE DE LA RIVIÈRE

Mary-Love, dans sa confrontation avec Oscar, n'avait pas compris que certains actes sont impardonnables. Son fils s'était trompé en disant qu'elle souhaitait sa faillite financière uniquement pour punir Elinor, elle voulait aussi le garder indéfiniment sous sa coupe. Si elle avait su que James allait lui prêter l'argent – et elle aurait *dû* s'en douter –, elle aurait aidé son fils sans l'ombre d'une hésitation. Ainsi, se rendit-elle compte trop tard, elle aurait maintenu son statut d'unique bienfaitrice du clan Caskey.

Suite à son refus, Oscar était allé voir James, qui avait immédiatement vendu ses obligations et lui avait tendu l'argent sans un murmure ou un reproche. La moitié de l'immense dette qu'Oscar avait contractée auprès de la banque fut aussitôt épongée, et ses versements mensuels pour le reste sensiblement allégés. Elinor et lui purent à nouveau respirer. Oscar devait certes une fortune à son oncle, ainsi qu'à la banque, mais James aurait préféré lui-même faire faillite que d'incommoder son neveu en lui réclamant un remboursement immédiat.

Oscar avait déjoué les plans de sa mère. Malgré sa victoire, il ne lui pardonna pas. Il n'avait parlé à personne du refus qu'elle lui avait opposé, mais il cessa de lui adresser la parole. Lorsqu'elle l'attendait depuis le porche et l'invitait à entrer sitôt sorti de son auto, il déclinait l'invitation d'un ton froid, prétextant qu'Elinor l'attendait chez lui. Lorsqu'elle l'appelait au téléphone, il répondait poliment à ses questions mais sans rien demander en retour et trouvait une excuse éhontée afin de raccrocher au plus vite. Ils continuaient à partager le même banc à l'église – de tout temps, les Caskey avaient assisté ensemble à la messe – mais Oscar mit un terme aux traditionnels repas dominicaux chez Mary-Love. Après l'office, Elinor, Frances et lui allaient généralement déjeuner à l'hôtel *Palafox* de Pensacola.

Le rejet d'Oscar peinait d'autant plus Mary-Love qu'il n'était pas public ; impossible pour elle de passer pour la victime de la cruauté de son fils. Elle savait qu'il ne médisait jamais d'elle. Quand elle s'adressait à lui, il répondait invariablement de manière polie. Mais, il ne voulait plus rien avoir à faire avec elle. En fin de compte, Mary-Love se résolut à parler à Elinor. Un matin, elle frappa à la porte de leur vaste demeure, une heure avant le retour d'Oscar pour déjeuner.

« Je ne vais pas rester longtemps, promit-elle à sa belle-fille. Je ne vais même pas entrer. Mais, Elinor, est-ce que tu veux bien t'asseoir une minute avec moi sous le porche ?

— Bien sûr. »

Les deux femmes prirent place sur des sièges à bascule. De l'autre côté de la rue, il y avait un verger de pacaniers où paissaient quelques vaches Holstein. Aucun de ces bovins ne paraissait plus imperturbable et flegmatique que Mary-Love et sa belle-fille tandis qu'assises l'une en face de l'autre, elles se préparaient à se livrer bataille.

« Elinor, il faut que tu parles à Oscar.

— De quoi ?

— De la façon dont il me traite.

— Je ne comprends pas, répondit Elinor, le visage impénétrable.

— Tu sais très bien de quoi je parle, poursuivit Mary-Love, irritée que sa franchise ne trouve pas d'écho.

— Il ne vient plus te voir comme il le faisait autrefois, admit Elinor. C'est vrai, je l'ai remarqué.

— Il t'a dit pourquoi ?

— Non. Il ne m'en a pas parlé du tout.

— Tu ne lui as pas posé la question ?

— C'est une affaire entre Oscar et toi. Je pense que ça ne me regarde pas.

— Elinor, je suis venue te demander de m'aider à recoller les morceaux. La façon dont il agit me fait beaucoup de peine. Je suis gênée pour lui. Je crois que tu devrais lui en toucher un mot.

— Que veux-tu que je lui dise ?

— Que les gens voient comment il se comporte avec moi. Qu'on commence à lui en vouloir. S'il ne fait pas attention, on risque de se retourner contre lui pour ce qu'il me fait subir. Il faut qu'il fasse en sorte qu'on retrouve la même relation qu'avant.

— Pourquoi ferait-il une chose pareille ? demanda innocemment Elinor. Je veux dire, quelle raison faudrait-il que je lui donne ?

— Je viens de te le dire, toute la ville en parle !

— Donc, tu es en train de me dire qu'il faut qu'Oscar et toi vous réconciliiez pour *son* bien à lui, pas pour le tien ? Qu'en fait, toi ça t'est égal ?

— Non, non, ce n'est pas ce que je dis ! Évidemment que ça ne m'est pas égal ! Oscar me fait du mal à me traiter comme ça. On était tous si heureux... soupira-t-elle.

— Je n'irais pas aussi loin... Mais c'est d'accord, je vais parler à Oscar. Je vais lui dire ce que tu m'as dit, qu'il ternit sa réputation en te traitant de cette façon.

— Toi, qu'est-ce que tu penses de tout ça ?

— Je pense que cette histoire ne regarde que toi et Oscar. Si je lui parle, c'est seulement pour te faire une faveur. »

Mary-Love abhorrait les faveurs. Elle chercha désespérément un moyen de faire voir la situation différemment à sa belle-fille, ainsi elle ne lui serait redevable de rien.

« Est-ce que tu n'aimerais pas qu'Oscar et moi retrouvions notre entente d'avant ? Les choses seraient beaucoup plus faciles pour toi.

— Mary-Love, je me fiche éperdument de ce qui se passe entre toi et ton fils. Oscar est un grand garçon, il agit comme il veut. D'ailleurs, je pense que c'est ce qui finira par arriver, il fera exactement ce qu'il a envie de faire.

— Elinor, fit Mary-Love en cessant de se balancer et en regardant sa belle-fille droit dans les yeux, tu es certaine que tu ne sais pas de quoi il s'agit ?

— Je n'en ai pas la moindre idée.

— Tu es assise là et tu me dis ça, mais je ne suis pas sûre de pouvoir te croire.

— Pourquoi est-ce que je te mentirais ? Je vais parler à Oscar. »

Sur cette douteuse promesse, Mary-Love prit congé.

Lorsque Oscar rentra pour le déjeuner, Elinor lui rapporta fidèlement l'échange avec sa mère, ses suppliques autant que ses menaces.

Oscar regarda son épouse depuis l'autre côté de la table.

« Elinor, maman m'a fait quelque chose que je ne crois pas pouvoir lui pardonner un jour. Ce qui est sûr, c'est que je n'arrive pas à lui pardonner pour l'instant. Ce n'est pas que je ne veux pas, c'est juste que je ne *peux* pas. Voilà ce que tu peux lui dire.

— Oscar, je refuse de jouer les intermédiaires. J'aimerais que tu le lui dises toi-même.

— Très bien, je suppose que tu as raison. Est-ce qu'elle t'a dit de quoi il s'agissait ?

— Non.

— Tu n'es pas curieuse ?

— Si tu veux m'en parler, je suis là. Si tu veux garder ça pour toi, je ne te poserai aucune question.

— Eh bien, dit-il après un silence, je crois que le mieux est de tout te raconter. »

Lorsqu'il eut fini son exposé, Elinor ne fit aucun commentaire.

« À quoi tu penses ? demanda-t-il.

— Je pense que c'est un mystère pour moi que tu lui adresses encore la parole. C'est une chose de me détester, c'en est une autre de se mettre en danger ainsi que toute la famille. »

Oscar approuva vivement ces mots.

« Un jour, dit-il avec tristesse, on va regarder par la fenêtre de la salle à manger et on verra un champ de mauvaises herbes devant sa porte.

— Qu'est-ce que tu veux dire ?

— Qu'un jour, maman devra récolter ce qu'elle a semé. »

Mary-Love intercepta son fils alors qu'il sortait de chez lui une demi-heure plus tard pour retourner travailler. Elle avait attendu assise sous son porche et se précipita vers lui alors qu'il s'apprêtait à monter en voiture.

« Oscar, est-ce qu'Elinor t'a parlé ?

— Oui.

— Et alors ? Elle t'a dit comment on parlait de toi en ville à cause de la façon dont tu te comportes envers moi ? »

Oscar posa sa main sur le toit de l'auto.

« Maman, dit-il d'une voix douce, c'est tellement toi.

— Comment ça ?

— Tu préférerais mourir plutôt que de me dire que mon attitude te fait de la peine. Non, au lieu de ça, tu sous-entends que ça ne te fait rien et que c'est moi qui m'inflige tout ça. Il faut toujours que ce soit toi qui fasses des faveurs aux autres. Eh bien, si mon attitude ne te fait pas souffrir, tant mieux pour toi. Maintenant rentre et laisse-moi tranquille. »

Tandis qu'Oscar et Mary-Love traversaient cet épisode triste et houleux, James et Danjo Strickland vivaient dans la plus parfaite harmonie. Âgé de sept ans, l'enfant se sentait à présent en sécurité. Son père était mort et ne reviendrait pas le chercher. Même si elle venait tous les jours, sa mère paraissait heureuse de simplement lui rendre visite. James avait récemment acheté une auto, transaction dans laquelle Danjo n'avait joué aucun rôle. Grace rentrait de Vanderbilt pour les vacances, ainsi que chaque été. Deux fois déjà, James et Danjo étaient allés la voir à Nashville.

Danjo était une source de bonheur pour James, et pour cette raison Grace adorait le petit garçon. Lorsqu'elle le voyait, elle lui demandait invariablement : « Tu prends bien soin de mon père ? »

Danjo acquiesçait vigoureusement et répondait avec fierté :

« Il dit qu'il pourrait pas se passer de moi !

— Effectivement, je ne crois pas qu'il le pourrait », souriait Grace, serrant son père dans ses bras jusqu'à l'étouffer.

Tout semblait pour le mieux dans le meilleur des mondes. Grace avait abandonné son père, mais James ne se lassait pas de répéter : « J'étais tellement seul quand Grace est partie que je suis allé au *Ben Franklin* m'acheter un petit garçon. Il m'a coûté un dollar cinquante-neuf, mais il en vaut chaque *cent* ! »

Grace était heureuse à l'université. James s'en rendait compte chaque fois qu'il lui rendait visite en compagnie de Danjo. Sa chambre était pleine à craquer de meubles que son père lui avait achetés. Ses murs étaient décorés de fanions. Du plafond pendaient des ombrelles orientales sous lesquelles étaient dissimulées des ampoules. Le sol était couvert de couches et de couches de tapis. Dans un coin, il y avait un phonographe Victrola et deux palmiers.

James constatait aussi que Grace était très populaire. Chaque fois qu'il entrait dans sa chambre, une horde de jeunes femmes qui y avaient musardé se relevaient d'un bond et lui serraient la main, prenaient Danjo dans leurs bras et s'écriaient : « Qu'est-ce que vous avez ramené à Grace *cette fois*, Monsieur Caskey ? » En plus de l'enveloppe remplie de billets, il ramenait généralement avec lui un gros paquet emballé de kraft et noué d'une ficelle qui attendait en bas dans le hall. Grace l'ouvrait, et l'on passait une demi-heure enjouée à trouver un endroit où mettre ce que James avait apporté. Il emmenait toujours sa fille dîner en tête à tête le vendredi soir, et le samedi il invitait la quasi-totalité du dortoir au restaurant. Non, personne sur terre n'avait de père plus charmant que Grace Caskey. Et aucune fille n'était plus aimée qu'elle.

« As-tu rencontré l'homme de tes rêves ? lui demandait-il chaque fois qu'ils se retrouvaient seuls.

— Beurk ! s'écriait-elle immanquablement. Pourquoi je voudrais d'une chose pareille ?

— Comme ça, tu pourrais te marier et avoir une belle maison, répondait James sans y croire.

— Papa, je ne veux pas me marier. Je m'amuse beaucoup trop. Je ne crois pas avoir permis au moindre célibataire de m'approcher sur le campus. »

James éclatait de rire.

« Ma chérie, si tu ne les laisses pas approcher, comment sont-ils censés te demander en mariage ?

— C'est précisément ce que je ne veux pas ! Qu'ils essaient et ils verront la raclée qu'ils vont se prendre. »

Ce n'étaient pas des paroles en l'air. À l'université, Grace avait découvert les joies du sport, et ses placards étaient pleins de robes de tennis blanches, de vêtements nautiques blancs, de pantalons de gymnastique blancs et de sweat-shirts de football blancs. Ces tenues commencèrent même à sévèrement empiéter sur sa garde-robe habituelle. Son passe-temps favori était l'aviron, et dès la première année, elle fut élue à l'unanimité capitaine de l'équipe féminine. Elle pratiquait également l'athlétisme et le basket-ball, des sports pour lesquels la taille des Caskey était un atout. Grâce à cette ambiance de chahut bon enfant, elle avait développé une franchise et une hardiesse qui avaient créé un choc à Perdido, où l'on se souvenait d'une gamine frêle, réservée et geignarde. Grace était devenue assez forte pour soulever son père de terre, ce qu'elle ne se gênait pas de faire chaque fois qu'ils se voyaient.

Lors de ces années universitaires, les étés furent une source de joie particulière pour James, car sa fille rentrait à la maison début juin pour n'en repartir qu'aux premiers jours de septembre. Il avait beau lui répéter qu'elle était libre d'aller s'amuser ailleurs et de ne pas se soucier de lui, elle répondait simplement :

« Papa, tu me manques tellement que j'aimerais parfois te ramener dans ma valise et te garder avec moi. Tu ne crois quand même pas que je vais faire autre chose de mes étés que les passer à me balancer sous ton porche ?

— Tu ne vas pas t'ennuyer ? »

Grace n'avait pas le temps de s'ennuyer pendant ses vacances : elle invitait toutes ses amies à venir la rejoindre dans la ville la plus isolée du monde, Perdido, en Alabama. Il faut croire que sa présence était suffisante, car les filles restaient là des jours voire des semaines entières. La maison de James était sans cesse remplie de jeunes femmes, de vêtements de jeunes femmes, de chaleureuses voix de jeunes femmes et de leurs rires encore plus chaleureux. Lorsqu'il n'y avait pas assez de place pour les loger toutes, c'est Elinor qui les hébergeait ou même Queenie. Elles ne dormaient jamais chez Mary-Love, qui désapprouvait qu'un membre de la famille Caskey établisse une amitié durable avec quiconque. Les filles faisaient du bateau sur la Perdido, prenaient des leçons de cuisine avec Roxie, allaient en bande au *Ritz*, jouaient au loup entre les chênes d'eau et faisaient d'incessantes excursions à Lake Pinchona pour nager, nourrir les alligators et titiller le singe. Elles visitaient également les plages de Mobile et de Pensacola, poussant parfois jusqu'à Brewton pour ramasser du muscat. Elles organisaient des parties de cache-cache parmi les ruines de Fort Mims, la capitale historique de l'Alabama, pique-niquaient dans les verts pâturages qui bordaient la rivière, ou faisaient de périlleuses descentes en rafting dans la Styx. Bien souvent, Danjo se retrouvait malgré lui embarqué dans ces folles aventures, les filles l'arrachant à ses jeux calmes pour le jeter sur la banquette arrière de la Pontiac de Grace en l'avertissant : « Danjo, on te kidnappe et tu ne reverras plus jamais Monsieur Caskey ! »

« La bande de Grace », comme on en vint rapidement à les appeler en ville, était composée de filles exubérantes, trop peut-être pour les jeunes hommes de Perdido qu'il leur arrivait de côtoyer au dancing de Lake Pinchona, mais qui étaient en général superbement ignorés. Les filles se consacraient exclusivement à James et Danjo, qui – habitués à la solitude et au silence des hivers de Perdido – étaient toujours pris au dépourvu par leur énergie, leur frivolité et leur bruit.

Au printemps 1933, Grace sortit de Vanderbilt avec un diplôme en histoire et cinq distinctions honorifiques en athlétisme féminin. Son père ne lui avait jamais demandé ce qu'elle comptait faire après ses études, se contentant de lui dire : « Préviens-moi quand tu auras décidé quoi que ce soit. » Avec une amie très chère, elle avait postulé pour un emploi comme professeur dans une école pour filles à Spartanburg, en Caroline du Sud. À son immense joie, leurs candidatures à toutes les deux avaient été retenues. Son amie enseignerait la littérature tandis qu'elle serait en charge de l'éducation physique et sportive. Cet été-là, comme les précédents, la bande de Grace se réunit à Perdido, mais les vacances furent teintées de mélancolie. Certaines d'entre elles s'étaient fiancées, et toutes savaient que ces heureux mois de rire et d'amitié seraient les derniers. Au cours de cet été, les jeunes femmes furent aux petits soins pour Frances, plus frêle que jamais, semblait-il, depuis sa première crise d'arthrite deux ans plus tôt. L'attention et l'énergie qu'elles lui consacrèrent parurent ragaillardir la petite fille de onze ans.

Miriam eut beau afficher un mépris de façade pour l'intimité qu'avait nouée Frances avec les « grandes », elle enrageait secrètement de n'être que rarement conviée à leurs activités.

Les saisons mélancoliques passent plus vite que celles qui sont heureuses, et la bande se sépara pour ne plus jamais se retrouver. Grace resta seule une semaine supplémentaire avec sa famille avant que James ne la conduise à Spartanburg et l'y installe.

Le 2 septembre 1933, malgré la chaleur brutale qui régnait encore à Perdido, James se morfondait déjà sous le poids de l'automne qui le séparerait de sa fille pour de bon.

« Papa, pourquoi on n'irait pas faire un tour en barque sur la Perdido cet après-midi, rien que nous deux ?

— Et qui va veiller sur Danjo ?

— Roxie est là.

— Non, qui va prendre soin de lui quand toi, moi et le petit canot vert, on aura été aspirés au fond du tourbillon ? »

Grace éclata de rire.

« Papa, tu ne vois pas que j'ai assez de force pour nous faire traverser l'embouchure sans danger ? Comme Elinor. Et puis, on n'ira pas dans cette direction, on va remonter la rivière.

— Pourquoi n'irais-tu pas plutôt avec Frances, ma chérie ? Tu vas terriblement lui manquer, ça vous permettra de passer un moment toutes les deux. »

L'idée plut à Grace. Sans une hésitation, elle se dirigea vers la maison voisine et se campa sous la véranda pour appeler Elinor.

« Maman n'est pas là, dit Frances en se penchant par-dessus la balustrade.

— Elle est partie où ?

— Elle avait tellement chaud qu'elle est allée nager.

— Dans la Perdido ?

— Oui.

— En fait, ce n'est pas à ta mère que je voulais parler. Je voulais t'emmener faire un tour en canot. Tu crois que ça la dérangerait ?

— Pas du tout ! Elle veut tout le temps que je l'accompagne sur la rivière !

— Alors descends ! On verra si on arrive à la retrouver pour lui faire une surprise ! »

Le bateau de Grace était amarré à un arbre, à l'endroit où la digue finissait en pente raide à presque une centaine de mètres en amont de la rivière. La jeune femme aida Frances à grimper à bord afin qu'elle ne se mouille pas les pieds et poussa ensuite le canot dans l'eau avant de sauter dedans à son tour. Aussitôt, le courant commença à emporter la barque vers l'aval et Frances poussa un léger cri de surprise.

Grace se mit à ramer à contre-courant, et il lui fallut quelques secondes avant de stabiliser l'embarcation. Des centaines de petits cours d'eau alimentaient la Perdido, des cours pour la plupart si minuscules et éphémères qu'ils n'avaient même pas la force de se creuser un passage dans le sol de la forêt. Au fil de la zone sauvage en amont, ces rigoles se perdaient dans des tas pourrissants d'aiguilles de pins et de feuilles de chênes pour s'écouler ensuite dans la rivière avec des gargouillis bas et furtifs. Tandis que Grace et Frances bravaient le courant, ces bruits étaient les seuls qu'elles entendaient. On aurait cru les voix aquatiques de milliers de petites créatures à branchies postées sur les berges telles des sentinelles, qui annonçaient la progression de la jeune femme et de la jeune fille.

« Je ne vois pas maman, dit Frances. Elle est peut-être allée dans l'autre direction. »

Tandis qu'elles remontaient la Perdido, naviguant en eaux inconnues, la rivière perdit de sa profondeur et de son tumulte. Comme averties par leur commandant de l'approche d'inconnues, les rigoles ne produisaient plus leurs gargouillements. Grace leva soudain sa rame et l'abattit sur un serpent d'eau qui glissait à côté du canot. Elles n'étaient pas en danger, mais la jeune femme estimait que les créatures venimeuses, tout comme les célibataires en quête de demandes en mariage, méritaient d'être mis hors d'état de nuire.

« Je ne suis jamais remontée jusque-là », remarqua Frances, s'émerveillant du caractère sauvage de la nature qu'elles traversaient. La ville paraissait si lointaine.

« Regarde ces orchidées qui ont poussé autour des branches des chênes, dit Grace en pointant vers le haut. C'est vraiment désolé par ici…

— Tu es déjà allée jusqu'à la source de la rivière ?

— Jamais. Et je ne connais personne qui y soit allé. Je suppose que ça a dû arriver, mais on ne m'en a jamais parlé. Tu veux qu'on essaie de la trouver ?

— Imagine qu'elle soit à trente kilomètres ou plus ?

— Je ne crois pas. Si c'était le cas, la route 31 la traverserait et je sais que non, donc la source ne peut pas être à plus de huit ou dix kilomètres.

— Imagine que la rivière fasse plein de méandres…

— Ça ne me dérange pas de ramer. La seule chose, c'est qu'il se peut qu'on doive sortir du bateau et marcher.

— Ça m'est égal », dit Frances.

Aussi Grace continua-t-elle de naviguer. La rivière se rétrécit jusqu'à n'être plus qu'un ruisseau, puis à peine un bras d'eau, mais sans jamais perdre sa couleur ocre. Impossible de distinguer le fond, même quand la rame de Grace en creusait la boue et les cailloux. Les arbres qui les surplombaient et voilaient le soleil étaient en majorité des feuillus, et non plus des conifères. Ici, la forêt était dense et les sols spongieux à cause des arbres tombés et des feuilles en décomposition.

« Frances, tu sais quoi ? Je pense que personne n'est jamais venu ici.

— Vraiment ? À qui tout ça appartient alors ?

— C'est ce que je me demandais. Et tu sais quoi ?

— Quoi ?

— Je crois qu'on est sur les anciennes terres de Tom DeBordenave et que ça fait partie de ce que ton père a racheté. »

Tout en parlant, Grace effectua un virage serré autour d'un immense chêne qui en tombant avait dérouté le cours d'eau. Devant elles, se trouvait une petite mare rougeâtre dont la surface couverte de ridules paraissait frissonner. Et partout autour, il y avait de gigantesques chênes d'eau gris – bien plus grands encore que ceux qu'Elinor avait plantés des années plus tôt dans la cour sableuse des Caskey. Les troncs élancés oscillaient gravement dans la brise légère, des masses de feuilles épaisses frémissant à leurs cimes trente mètres plus haut. Sur le sol jonché de branches en train de pourrir, aucune végétation ne poussait à l'exception de champignons verts d'aspect écailleux, un parasite qui semblait propre à cette espèce.

« On y est, murmura Grace. C'est ici que la Perdido prend sa source. »

Il y avait un je-ne-sais-quoi de solennel dans ce lieu. Les immenses arbres, tels de sinistres soldats, semblaient monter la garde, tandis que dans ses ondulations nerveuses, la petite mare rouge à la source de la rivière avait quelque chose de menaçant. Même les oiseaux paraissaient avoir déserté les lieux. Au moment où Grace planta sa rame entre deux branches de l'arbre mort afin de stopper le canot, le soleil disparut derrière les chênes. Frances eut l'impression qu'elle craignait d'aller plus loin.

« Grace, dit Frances après un moment, tu ne crois pas qu'on devrait faire demi-tour ? Maman n'aimerait pas qu'on soit sur l'eau à la tombée de la nuit.

— On sera rentrées en un rien de temps. Je n'aurai quasiment pas à ramer, juste à éviter les bancs de sable. Tu sais, poursuivit-elle en baissant la voix, ça fait un peu peur ici. Moi qui pensais que Perdido était isolée, c'est de la rigolade comparé à cet endroit… »

Elles continuaient à examiner les alentours en silence. C'était tellement différent des paysages de campagne qu'elles connaissaient si bien. Il semblait absurde qu'Oscar puisse en être le propriétaire, ou même que ce point d'eau, cette trouée et ce bosquet de chênes puissent apparaître sur la moindre carte. La source de la Perdido semblait hors de tout ceci. Elle ne pouvait appartenir au monde des actes de propriété, des bois de coupe et des relevés géologiques. Impossible qu'une route, un pont, la cabane d'un fermier ou la distillerie d'un Cherokee puissent se trouver dans les environs ; or, Grace et Frances savaient que toutes ces choses existaient bel et bien à deux ou trois kilomètres de là. Ce lieu semblait être isolé de la civilisation, à l'écart du temps et de l'espace. Soudain, Grace fut parcourue d'un frisson. L'atmosphère avait brutalement changé. À l'aide de la rame, elle s'éloigna du tronc et remit la barque dans le courant. Alors qu'elle effectuait la manœuvre, les ridules s'intensifièrent, comme si une grande quantité d'eau ou quelque chose de complètement différent cherchait à jaillir des profondeurs.

Grace lança un coup d'œil à Frances, dont le visage affichait une expression terrifiée. Le corps de la petite fille tremblait irrépressiblement, et ses doigts agrippèrent les bords du canot.

« Dépêche-toi… chuchota-t-elle. S'il te plaît, Grace, dépêche-toi. »

Grace se mit à ramer de toutes ses forces et l'instant d'après, elles atteignirent le virage serré près de l'arbre mort. Alors seulement, Frances parvint à retrouver son calme et ne put s'empêcher de jeter un œil derrière elle à la mare ocre où la Perdido prenait sa source. La vision ne dura qu'une fraction de seconde car l'embarcation prit le virage, mais à cet instant précis, émergeant lentement à la surface, elle aperçut un visage, large et vert pâle, aux yeux énormes et au nez inexistant. Malgré l'horreur qu'elle lui inspirait, Frances crut discerner dans cette apparition quelque chose de familier.

« Maman… », murmura-t-elle, mais Grace ne l'entendit pas.

À L'ÉTAGE

Grace demeura silencieuse durant le trajet de retour. Elles se laissaient porter par le courant, Frances assise toute raide à la proue, le dos tourné.

« Frances, tout va bien ? », demandait parfois Grace avec anxiété.

La jeune fille hochait faiblement la tête, sans jamais se retourner.

Lorsque Grace eut amarré le canot à l'arbre au bout de la digue, elle découvrit que Frances était incapable de marcher, et dut la porter jusque chez elle.

Elinor n'était toujours pas rentrée, mais Zaddie n'eut qu'à regarder l'enfant dans les bras de Grace pour constater sombrement : « C'est encore l'arthrite. »

Frances fut portée dans sa chambre et couchée. Grace la veilla jusqu'au retour d'Elinor, une demi-heure plus tard.

« Elinor, tout est de ma faute ! s'écria-t-elle, les larmes aux yeux.

— Ne sois pas bête, fit sévèrement Elinor. Le docteur Benquith a dit que ça pouvait revenir n'importe quand. »

La fillette avait sombré dans un sommeil fiévreux. Lorsqu'elle se réveilla tard cette nuit-là, ses jambes étaient encore paralysées.

Au cours de ses derniers jours à Perdido, Grace se convainquit que le tour en barque jusqu'à la source de la rivière était la seule cause de la maladie de Frances. Elinor, Oscar, James et Frances elle-même ne purent la persuader du contraire.

La jeune femme partit pour Spartanburg, et quand elle revint à Noël, Frances était encore alitée. Le docteur Benquith voulait l'envoyer à la clinique du Sacré-Cœur à Pensacola, ou même dans l'un des gros hôpitaux de Cincinnati, mais Elinor refusait d'en entendre parler. « Je vais continuer à veiller sur ma fille jusqu'à ce qu'elle aille mieux. »

Seuls les bains chauds soulageaient ses douleurs. Deux heures tous les matins, puis deux autres l'après-midi et une le soir après le dîner, Elinor restait à ses côtés, près de la baignoire où, à l'aide d'une éponge, elle versait de l'eau brûlante sur ses jambes inertes. L'enfant semblait toujours exténuée. Ses paupières cillaient parfois sous le coup d'une douleur transmise à son cerveau, mais elle ne se plaignait jamais. Elinor cessa de jouer au bridge et n'assista plus à la messe. Elle n'aimait pas laisser Frances seule. Cependant, elle n'affectait jamais l'air d'une martyre ni ne donnait l'impression de sacrifier quoi que ce soit pour le bien de sa fille. Dans les bons jours, la petite était transportée dans la véranda et couchée sur un lit d'appoint.

Mais les bons jours étaient rares. Parfois, on avait même l'impression que son esprit aussi était engourdi. Elle restait allongée dans son lit sans rien dire, secouée de spasmes en période de crise, parfaitement immobile le reste du temps. À voir ses mains crispées, Oscar craignait que Frances ne soit tendue et en colère. Elinor affirmait que la contraction incontrôlable de ses doigts jusqu'à en faire des serres, de même que ses pieds recroquevillés et tournés vers l'intérieur, n'étaient dus qu'à l'arthrite. À l'occasion, la fillette faisait l'effort de répondre quand on lui parlait, mais le plus souvent, elle restait silencieuse. Rien ne l'intéressait ou ne suscitait d'émotion sur son visage. Pas la chaussette de Noël suspendue à la cheminée de sa chambre, pas le gâteau et les bougies lumineuses à son anniversaire, pas même les feux d'artifice du 4 juillet lancés par Malcolm. Lorsque venait l'heure de son bain, Elinor la soulevait du lit. Oscar détestait ces moments plus que tout dans la maladie de sa fille. Il la voyait chercher à saisir désespérément le cou de sa mère, mais tous ses muscles étaient atrophiés ou récalcitrants, et ses membres maigres et pathétiques pendaient inertes le long du dos d'Elinor.

Frances rata les deux premières années du collège. Elinor emprunta des manuels et lui fit elle-même cours, mais personne ne savait ce que l'enfant retenait de ces leçons. Le foyer ne vécut plus qu'au rythme de la maladie. Elinor se retira complètement de la vie sociale de Perdido, se muant volontairement en bête de somme pour le maigre confort de sa fille. Oscar se risqua à intervenir : « Laisse Zaddie en faire un peu. Tu te comportes comme si tu étais responsable de l'état de Frances. Ce n'est la faute de personne. »

Elinor ne prêta pas attention aux paroles de son mari. Elle se levait tous les jours à cinq heures, et l'hiver, elle préparait elle-même un feu qu'elle attisait toute la journée. Quand elle ne donnait pas son bain à Frances, elle lui faisait la lecture, la nourrissait ou frictionnait ses jambes inanimées avec de l'alcool. Avant chaque ablution, elle prenait deux seaux et traversait la forêt de pins à l'ouest de la maison, avant de contourner la digue. Là, elle remplissait les seaux avec l'eau de la rivière et les rapportait chez elle. L'eau était mise à chauffer sur la cuisinière dans une grosse marmite puis portée à l'étage. L'un des seaux était versé directement dans le bain, l'autre servait aux éponges qu'Elinor passait sur les jambes parfois agitées de soubresauts de sa fille. Oscar et le docteur Benquith ne voyaient pas l'intérêt d'un tel traitement, mais Elinor refusait d'en démordre. Lorsque Mary-Love fut mise au courant, elle déclara que Frances devait maintenant être aussi rouge qu'une Indienne à force d'être baignée dans l'eau de la Perdido.

Cette époque trouble, Frances la traversa dans la confusion et l'hébétude. Son cerveau paraissait avoir subi la même paralysie que ses jambes. Elle dormait, s'éveillait, mangeait et écoutait sa mère lui faire la leçon dans un état de semi-conscience. Elle semblait toujours fiévreuse, toujours rêveuse. Dans le bain, c'était la même lassitude, le même engourdissement. Elle n'était jamais sûre de s'être vraiment réveillée depuis l'excursion en canot jusqu'à la source. Les seuls épisodes de lucidité avaient lieu quand sa mère la soulevait hors du bain. Elle sentait l'eau boueuse de la Perdido goutter de son corps et retomber dans la baignoire. C'était l'unique chose dans la vie de Frances qui soit tangible, à l'exception de la douleur lancinante dans ses membres. Les heures s'écoulaient, les jours passaient, les saisons se succédaient, elle ignorait si Noël était derrière elle ou si l'été avait commencé. Tout filait comme dans un rêve flou, excepté la douleur, et l'eau de la Perdido en train de goutter de son corps.

Finalement, son état de santé s'améliora. Le docteur Benquith appela ça une rémission. Mary-Love clama à qui voulait l'entendre que c'était grâce à ses prières. Ivey Sapp, elle, affirma que c'était l'eau rouge de la Perdido.

Les mains de Frances commencèrent à se décrisper. Elle fut à nouveau en mesure de tenir un crayon assez longtemps pour écrire à Grace à Spartanburg qu'elle allait beaucoup mieux. Elle pouvait soulever un verre sans le renverser. Elle pouvait à nouveau se servir d'une fourchette, mais il lui faudrait patienter encore avant qu'elle retrouve assez de force et d'agilité pour utiliser en même temps un couteau. Dans la véranda, elle s'asseyait désormais sur une chaise roulante. Au printemps 1936, presque trois ans après le début de sa crise, elle était capable de faire quelques pas en s'agrippant aux meubles ou aux murs pour s'aider à avancer.

Frances avait raté trois années d'école, mais sa mère s'était montrée si bon professeur qu'elle n'avait qu'une seule classe de retard. Physiquement, toutefois, elle n'avait quasiment pas grandi. Le premier dimanche de son retour à l'église, Mary-Love remarqua de façon peu amène : « Eh bien, Frances, tu fais presque la même taille que la dernière fois que je t'ai vue. »

En trois ans, Mary-Love ne s'était pas rendue une seule fois au chevet de sa petite-fille, quand bien même, les soirs d'été, elle l'entendait gémir de douleur depuis la maison voisine. Elle prétextait une réticence à s'imposer. Elle craignait de déranger Frances et de la fatiguer par de trop nombreuses visites, mais personne n'était dupe. Si Oscar avait jamais été enclin à pardonner à sa mère, c'était définitivement fini. À ses yeux, le traitement qu'infligeait Mary-Love à Frances était une preuve indéniable de sa cruauté.

Miriam, désormais une grande et mince jeune fille, déclara à sa sœur : « Grand-mère a dit que ta maladie était sûrement contagieuse, c'est pour ça que je ne suis jamais venue te voir. Comment tu vas faire pour rattraper trois ans de retard à l'école ? Moi, je pense que tu ne pourras jamais… »

En dehors de la taille de Miriam, Frances avait noté d'autres changements. Perdido paraissait tomber en décrépitude. À Baptist Bottom, quinze maisons avaient brûlé le soir de la Saint-Sylvestre, et personne ne s'était donné la peine d'en déblayer les ruines. Une rangée de boutiques du centre-ville étaient condamnées par des planches, et leurs fenêtres brisées. Les rideaux en piteux état de l'*Osceola* soufflaient au vent à travers les fenêtres ouvertes.

Frances restait souvent assise dans la cuisine avec Zaddie et s'étonnait du nombre d'enfants noirs qui frappaient doucement à la porte de la tonnelle. La jeune domestique prévoyait toujours une assiette de pain de maïs, un bout de jambon ou quelques tranches de bacon à leur donner. Le lendemain, l'enfant revenait avec l'assiette et un remerciement de la part de sa mère.

Frances interrogea Elinor.

« Les gens n'ont plus d'argent, ma chérie. J'aimerais pouvoir faire plus, mais nous-mêmes devons nous serrer la ceinture. »

Frances secoua la tête ; elle ne comprenait rien aux histoires d'argent.

« On va s'en sortir, la rassura sa mère. Mais pendant que tu étais à l'étage – c'est par cet euphémisme qu'Elinor se référait toujours à la maladie de sa fille –, ton père a eu des difficultés à la scierie. Il a dû se séparer de quelques personnes.

— Maintenant ça va mieux ?

— Je ne sais pas. Seul le temps nous le dira. Il semblerait que Henry Turk soit en train de faire faillite. Il va devoir vendre son affaire.

— À qui ? »

Elinor secoua la tête.

« J'espère que ce sera à nous. Il ne lui reste plus que ses terres. L'année dernière, il a fermé sa scierie. J'aimerais vraiment qu'on lui rachète ses propriétés, mais ta grand-mère est la seule à avoir assez d'argent pour le faire, et je ne crois pas qu'elle acceptera.

— Pourquoi ? »

Elinor éclata de rire.

« Pourquoi je te raconte tout ça ? Ça t'intéresse ?

— Oui, maman.

— Je ne pense pas ma chérie. Tu n'y connais rien en affaires, et tant mieux ! », dit-elle en partant d'un nouvel éclat de rire et serrant sa fille contre elle.

Lorsque Sister Haskew avait quitté Perdido en 1926 pour s'installer d'abord à Natchez, puis à Chattanooga, elle avait tenu à se présenter dorénavant sous son prénom de naissance, Elvennia. Alors âgée de trente-cinq ans, deux de plus que son mari, elle estimait qu'il était grand temps de délaisser un surnom, « Sister », qui suggérait que son identité était uniquement soumise à sa position au sein de la famille. Cependant, lorsqu'à l'occasion elle revenait à Perdido, rien ne pouvait persuader sa mère de l'appeler autrement que Sister.

C'était un agacement mineur ; pouvait-on sincèrement attendre autre chose de Mary-Love ? Sister – El, plutôt – était heureuse dans sa nouvelle vie. Elle aimait se sentir déracinée après tant d'années d'attaches si fortes à Perdido, à la maison qui l'avait vu naître, et à sa mère. Elle aimait se faire de nouveaux amis qui ignoraient tout de sa vie avant son mariage, de la scierie et des mesures en stères, et se fichaient éperdument de l'histoire de sa famille. Elle écrivait à sa mère deux fois par semaine, ainsi que Mary-Love le lui avait ordonné, et à James et Elinor en alternant une semaine l'un, une semaine l'autre. Parfois, quand Early partait en mission pour une quinzaine de jours, elle faisait sa valise et prenait le train direction Perdido, où elle se querellait avec sa mère sitôt la porte d'entrée passée.

« Bonjour Sister ! s'exclamait Mary-Love. Si tu savais comme tu nous as manqué !

— Maman, tout le monde m'appelle El maintenant.

— Oh Sister, après toutes ces années, tu ne crois quand même pas que je vais changer ma façon d'appeler ma petite fille… »

La « petite fille » en question était désormais une femme entre deux âges, et Mary-Love elle-même approchait le grand âge, quoique jamais elle n'eût admis une telle chose.

« Sister, demandait invariablement sa mère, est-ce que vous vous êtes installés pour de bon ? Vous avez une bonne cuisinière ?

— Non, maman, je n'ai pas de cuisinière. Je fais tout toute seule.

— Oh ! Cet homme va te conduire au cimetière à te faire travailler comme une bonne à longueur de journée !

— Maman, on n'a pas les moyens d'avoir une cuisinière.

— Si tu vivais ici, Ivey et moi, on pourrait prendre soin de toi. Tu n'aurais pas à lever le petit doigt. »

C'était en général à ce stade de la discussion que Sister, lasse de répéter les mêmes arguments, répondait simplement :

« Maman, Early et moi on ne reviendra plus jamais ici, pour la simple raison qu'on ne veut pas vivre avec toi, tu nous rends chèvres !

— Je ne crois pas que vous soyez heureux à Chattanooga.

— Eh bien, détrompe-toi.

— Je ne crois pas que vous puissiez être heureux où que ce soit.

— Qu'est-ce que ça veut dire ?

— Si vous aviez été aussi heureux toutes ces années en étant loin de moi, vous auriez eu des enfants. Maintenant, vous êtes trop vieux. Et puis, il doit bien y avoir une raison pour que tu quittes ton mari tous les trois mois pour venir me voir...

— Maman, je viens te voir parce qu'à chaque fois que je t'ai au téléphone, c'est-à-dire toutes les semaines, tu passes une demi-heure à me dire de revenir à la maison.

— Si tu aimais vraiment ton mari, tu ne le laisserais pas seul aussi souvent. »

Mary-Love désapprouvait l'indépendance qu'affichait Sister depuis son mariage. De là à désapprouver l'homme responsable de sa libération, il n'y avait qu'un pas. Puisque Early était absent, il était simple de l'attaquer ; et puisque Sister était sa femme, elle devait être constamment sur la défensive.

« Je ne suis toujours pas convaincue, dit Mary-Love dès que Sister eut posé le pied chez elle au cours d'une visite à la fin de l'hiver 1936, qu'Early Haskew ait jamais été un homme pour toi.

— Qui l'aurait été, dans ce cas ?

— Quelqu'un d'autre. Un homme avec de l'éducation. De bonnes manières.

— Early a fait ses études à Auburn. Il a voyagé en Europe. Je ne suis pas allée à l'université. Et je n'ai jamais quitté ce pays.

— Est-ce qu'il mange toujours ses pois avec la pointe de son couteau ?

— Oui ! Il m'a même dit qu'il allait m'apprendre !

— C'est comme ça qu'il se comporte au restaurant ?

— Tu sais, on n'a pas les moyens de sortir beaucoup. »

Mary-Love secoua la tête et poussa un soupir.

« Si tu savais comme je souffre de te voir dans le besoin alors que j'ai tant d'argent.

— Eh bien, donne-m'en. Comme ça, je ne serai plus dans le besoin.

— Impossible.

— Et pourquoi ? Ça ne te tuerait pas de m'envoyer un peu de sous de temps en temps.

— Early penserait que je me mêle de ce qui ne me regarde pas. Et il aurait raison.

— Crois-moi, Early encaisserait les chèques dès qu'il les recevrait. Tu sais, il ne gagne pas énormément, mais on s'en sort. C'est vrai, je ne peux pas m'acheter toutes les robes que je voudrais, sans compter qu'il m'arrive de ne pas avoir deux dollars dans mon porte-monnaie…

— Je n'ai pas élevé ma petite fille pour qu'elle vive ainsi !

— Alors envoie-nous de l'argent, maman.

— Je pensais à quelque chose, dit soudain Mary-Love.

— Quoi ?

— Je pensais qu'on devrait tous partir en vacances quelque part. Ça fait longtemps que nous n'avons pas fait de voyage.

— Si tu veux me faire profiter de ton argent de cette manière, ça me va. Où est-ce que tu veux aller ? Et qui viendrait avec nous ?

— Nous, c'est toi, Miriam et moi.

— Pas Early ?

— J'imagine qu'il aura du travail.

— Peut-être pas, dit Sister, seulement pour agacer sa mère.

— Je pensais que nous pourrions aller à Chicago cet été.

— Pour quoi faire ?

— Ça fait un moment que l'idée me taraude… J'aimerais voir la ville des vents tant que je le peux encore. »

LE NECTAR

Sister savait que son mari avait signé pour une mission qui l'occuperait tout l'été 1936. Par pure malice, elle n'en dit rien jusqu'à ce que sa mère consente à payer le voyage à Early. Le lendemain de son retour à Chattanooga, elle appela Mary-Love et lui annonça :

« Maman, en fait Early ne pourra pas venir avec nous. Il va travailler pour la Tennessee Valley Authority dans les environs de Sheffield, donc je serai libre tout l'été. On peut aller à Chicago quand tu veux.

— Sister, comme je suis heureuse !

— Occupe-toi des réservations et des billets de train, et puis, demande aussi qui voudrait nous accompagner.

— Qui voudrait-on emmener avec nous, ma chérie ?

— James, peut-être, et Danjo. Et puisque Miriam va sans doute venir, ajouta Sister, pourquoi ne pas proposer à Frances ?

— Hors de question ! Je ne peux pas me permettre d'inviter la terre entière. Si Frances nous accompagne, il faudra que je lui paie tout, étant donné qu'Oscar et Elinor n'ont pas d'argent. D'ailleurs, Frances pourrait retomber malade, et il faudrait qu'on annule. Je suppose que ce n'est pas dérangeant d'inviter Danjo – c'est un gentil garçon, et James paiera pour lui. Je me réjouis aussi qu'il vienne, du moment qu'il loue un wagon à bagages supplémentaire pour toutes les bricoles qu'il va forcément acheter sur place. »

James accepta l'invitation, à condition de venir avec Danjo *et* Queenie, donc avec les enfants de celle-ci. Mary-Love rouspéta mais finit par céder avec suffisamment de mauvaise grâce pour que James se sente coupable d'avoir abordé le sujet. Ce n'était pas tant Queenie que Malcolm et Lucille qui la dérangeaient. Dès lors, Mary-Love se plut à prédire, au moins trois fois par jour, que le duo infernal allait gâcher le voyage. Frances fut laissée à l'écart des préparatifs. James offrit de payer pour ses billets et ses dépenses, et dit à Oscar et Elinor : « Seigneur, je vais devoir m'occuper de Danjo, Malcolm et Lucille, ce n'est pas une enfant de plus qui va faire la moindre différence. Je vais seulement leur mettre une laisse à tous, voilà… »

Oscar hésitait à accepter l'offre de son oncle.

« Maman emmène Miriam, elle devrait aussi prendre Frances, répondit-il. En plus, tu paies déjà pour toute une tribu, James. Vous ne serez pas arrivés à Chicago que tu seras déjà ruiné.

— Vraiment, ça m'est égal. »

Ce voyage en famille était le premier organisé depuis le début de la Dépression, et James souhaitait qu'il inclue le plus de Caskey possible. Oscar était réticent à voir partir sa fille, mais Elinor intervint. Elle dit qu'il serait plus difficile pour Frances d'être aussi ostensiblement mise à l'écart que de subir les remarques désobligeantes et les mauvais traitements que Mary-Love et Miriam ne manqueraient pas de lui infliger pendant le voyage. Après avoir été si longtemps confinée à la maison, un changement d'air radical lui ferait le plus grand bien. Frances avait quatorze ans et sa mère estimait qu'il était temps pour elle de découvrir le monde.

Les participants au voyage seraient donc au nombre de dix : Mary-Love, Sister, Miriam, James, Danjo, Frances, Queenie, Malcolm, Lucille et Ivey Sapp, que l'on emmenait pour servir de gardienne de troupeau ou de bête de somme, au choix. Des chambres d'hôtel furent réservées, des billets de train achetés à la gare d'Atmore, et l'on se munit de quantité d'argent liquide auprès de la banque de Perdido récemment rouverte. On compléta les diverses garde-robes à Mobile et Montgomery, on fit l'acquisition de nouveaux bagages et souscrivit à des assurances. Les appareils photo furent chargés de rouleaux de pellicule et des lettres envoyées aux amis qui habitaient sur le trajet. L'intensité des préparatifs surprit Perdido. On aurait cru que les Caskey planifiaient une expédition au pôle Sud tant ils dépensaient d'énergie. La famille était supposée partir le matin du 1er juillet, arriver tard le lendemain soir à Chicago, y rester dix jours, puis retourner à Perdido en passant par Saint-Louis et la Nouvelle-Orléans, avec cinq jours dans chaque ville.

Fin juin, les enfants ne tenaient plus en place. Même la prudente Frances et le timide Danjo durent être grondés. Sister passa plusieurs semaines à Perdido afin d'aider sa mère à tout organiser. Sa présence fut une bénédiction, car jamais Mary-Love ne s'en serait sortie sans son aide et la stimulation générée par leurs débats à propos de chaque détail.

La veille du départ, Mary-Love déclara qu'elle allait rendre visite à Elinor pour inspecter les valises de Frances. Elle confia à Sister :

« Je n'ai pas l'intention de permettre à la fille d'Elinor de nous embarrasser avec sa pitoyable garde-robe.

— Maman, rétorqua Sister, même si Elinor a rempli la valise de Frances avec des guenilles, il est trop tard maintenant pour y changer quoi que ce soit. »

Qu'importe, Mary-Love se rendit chez sa voisine pour la première fois depuis plus de cinq ans, c'est-à-dire, depuis qu'elle avait supplié en vain Elinor d'intercéder en sa faveur auprès de son fils.

« Mary-Love, comment vas-tu ? dit Elinor à la porte, sans montrer plus de surprise que si sa belle-mère était venue la saluer la veille.

— Je suis littéralement épuisée.

— À cause des préparatifs, j'imagine.

— Exactement. En fait, je suis passée pour m'assurer que Frances était fin prête.

— Je suis justement en train de faire sa valise. J'imagine que ce soir je vais être obligée de l'assommer pour qu'elle s'endorme.

— Tous les enfants sont excités, acquiesça Mary-Love.

— Allons donc à l'étage, comme ça tu verras par toi-même s'il manque quelque chose à ses affaires.

— Tiens, c'est une bonne idée », dit Mary-Love, tout en se demandant pourquoi sa belle-fille lui facilitait ainsi la tâche.

Tandis qu'elle la suivait à travers la maison, elle lança un œil dans le salon plongé dans la pénombre et remarqua :

« On dirait que tu as changé les meubles de place.

— Un peu. On meurt de chaud ! Tu veux que je t'apporte du nectar ?

— Quelle merveilleuse idée ! La semaine dernière, j'y ai goûté chez Manda Turk, et c'était une des meilleures boissons que j'aie jamais bues. Qui est-ce qui ramasse les mûres pour toi ?

— J'ai envoyé Luvadia et Frances le faire. Monte à l'étage pendant que je nous prépare deux verres. Moi aussi, j'ai un peu soif. La chambre de Frances est juste à côté de la véranda. Les valises sont ouvertes sur le lit.

— Où est Frances ?

— James les a emmenés Danjo et elle à Lake Pinchona. Frances adore donner à manger aux alligators !

— Un jour elle va tomber dans l'eau et se faire dévorer », dit calmement Mary-Love en montant l'escalier.

Elinor entra dans la cuisine et dit à Zaddie : « Monte dans la chambre de Frances et regarde si Mary-Love a besoin d'aide. Elle va vouloir défaire tout ce que j'ai fait. Je vais lui préparer un verre de jus », ajouta-t-elle en sortant un pic à glace et commençant à débiter des glaçons.

« J'aimerais que Frances ait de plus jolies choses à se mettre », soupira Mary-Love.

Elle avait passé en revue les bagages de Frances, exprimant par des grognements sa désapprobation quant à leur contenu, la manière dont Elinor l'avait rangé, et les deux valises elles-mêmes. À présent, assise sur l'une des balancelles de la véranda, elle sirotait son nectar de mûres. Elinor oscillait légèrement sur son siège, remuant d'un air pensif le nectar délicieusement sirupeux et sucré dilué dans l'eau et la glace.

« Si seulement Oscar et toi me laissiez lui acheter des habits convenables, poursuivit Mary-Love. Vous ne m'autorisez même plus à voir ma petite-fille !

— Ce n'est pas vrai, dit calmement Elinor. Frances t'aime énormément, elle aime tout le monde, c'est toi qui refuses de la voir.

— Elinor ! Comment peux-tu dire une chose pareille ?

— Je peux, parce que c'est la vérité. Oscar et moi ne venons pas souvent chez toi, et toi, tu ne viens pas chez nous non plus, mais nous n'avons jamais empêché Frances de faire ce qu'elle voulait. Tu es sa grand-mère, mais on dirait que tu ne veux rien avoir à faire avec elle. Miriam et toi la traitez comme une moins que rien. Pendant trois ans, elle est restée alitée dans cette chambre, malade à mourir, et pas une seule fois tu n'es venue la voir. Au point que j'étais gênée chaque fois qu'on me demandait pourquoi. Je ne comprends toujours pas comment tu as pu faire preuve d'autant de cruauté envers ta petite-fille. »

Il n'y avait aucune rancœur dans la voix d'Elinor. Elle énonçait simplement des faits. L'extrême neutralité de ses phrases blessa Mary-Love, incapable qu'elle était de regarder les choses en face. Elle ne trouva aucun moyen de contrer la témérité inattendue de sa belle-fille.

« Elinor, je suis choquée ! Est-ce que Frances ne part pas avec nous demain à Chicago ? Miriam et elle vont s'amuser comme des folles !

— Peut-être. Encore faudrait-il que Miriam adresse la parole à sa sœur... Ce dont je doute. »

Mary-Love savait de moins en moins comment répliquer. Les remarques d'Elinor avaient tout d'une attaque, pourtant ce n'était pas l'effet qu'elles faisaient. Elle chercha à gagner du temps en examinant la véranda et commentant avec désinvolture :

« Ça fait longtemps que je ne suis pas venue ici.

— Tu ne peux t'en prendre qu'à toi-même, rétorqua Elinor, revenant habilement au sujet qui les occupait. Oscar et moi, on ne t'aurait jamais repoussée si tu étais venue frapper à notre porte.

— Je ne me sentais pas la bienvenue, rétorqua Mary-Love, agacée que sa stratégie d'évitement se retourne contre elle aussi rapidement. Rappelle-toi, ce n'est plus ma maison. »

Elinor ne dit rien, mais sourit vaguement.

« Tu sais, poursuivit Mary-Love, un jour j'ai envoyé Luvadia Sapp vous remettre l'acte de propriété. Je vous l'avais signé, à Oscar et toi. Est-ce qu'elle vous l'a donné, ou bien l'a-t-elle perdu en chemin ?

— Oh, elle nous l'a donné. Il est quelque part par là.

— Un merci n'aurait pas été de trop.

— Mary-Love, Oscar et moi, on a acheté cette maison.

— *Pardon ?!* Je vous l'ai donnée !

— Non, c'est faux, dit Elinor avec une amabilité exagérée. Ça aurait effectivement dû être notre cadeau de mariage, mais on a été obligés de la payer. On a dû te donner Miriam pour l'obtenir. Et elle avait huit ans quand tu nous as enfin remis l'acte de propriété. Ce genre de délai ne mérite pas de remerciement. »

La voix et le ton d'Elinor restaient cordiaux, mais Mary-Love était sûre à présent que l'attaque avait été planifiée depuis longtemps. Et elle n'était pas prête à livrer bataille car depuis des mois ses pensées étaient entièrement occupées par le voyage du lendemain.

« J'ignore pourquoi je reste ici à écouter tout ça ! s'indigna-t-elle. Comme tu es méchante ! Pas étonnant que Frances soit comme elle est ! Pas étonnant que Miriam ne veuille pas jouer avec elle !

— Au cas où tu ne l'aurais pas remarqué, Frances est l'une des enfants les plus douces qui soient. Comme je l'ai déjà dit, elle aime tout le monde et tout le monde l'aime. Malheureusement, on ne peut pas en dire autant de Miriam. Quand je vois la façon dont cette enfant se comporte, je suis contente qu'elle vive avec toi et pas avec nous.

— Miriam vaut dix fois Frances !

— C'est peut-être ce que tu penses, mais ce n'est pas une excuse pour la traiter comme tu le fais », remarqua Elinor du même ton terriblement détaché.

Sentant sa fébrilité monter dangereusement, Mary-Love décida de contre-attaquer.

« Et toi, pourquoi me traites-tu de cette façon ? »

Elinor parut réfléchir à la question, puis elle répondit :

« À cause de la façon dont tu traites Oscar. À cause de la façon dont tu traites toute ta famille, depuis toujours.

— Je les aime tous ! Je les aime plus que tout ! La seule chose que je veux c'est que ma famille m'aime en retour.

— Je sais. Et tu refuses qu'ils aiment qui que ce soit d'autre. Tu voudrais être la seule à pourvoir à leurs besoins. Tu ne voulais pas qu'Oscar se marie avec moi parce que tu refusais qu'il partage son amour. Même chose pour la pauvre Sister. Tu nous as enlevé Miriam…

— C'est vous qui l'avez laissée partir !

— … et tu l'as élevée de manière à ce qu'elle n'aime que toi, sans jamais accorder la moindre pensée à ses parents. Je me rappelle quand Grace était petite et qu'elle était proche de Zaddie, cette amitié aussi tu as tenté de la briser.

— Je n'ai aucun souvenir d'une telle chose !

— Pourtant tu l'as fait. Tu vois, Mary-Love, c'est le genre de choses que tu fais sans même t'en rendre compte. C'est normal pour toi. Si tu avais eu ton mot à dire, James aurait chassé Queenie et ses enfants dès qu'ils sont arrivés en ville.

— Queenie n'était rien qu'un crève-la-faim…

— Tu as dit à James qu'il faisait une grave erreur en prenant la garde de Danjo, mais cet enfant lui a redonné le sourire.

— Un jour, ce garçon va devenir… »

Elinor ignora à nouveau sa remarque.

« Et quand la banque a voulu résilier l'emprunt d'Oscar, tu as refusé de lui prêter l'argent qui le sauverait de la faillite. Tu *voulais* qu'Oscar et moi on se retrouve sans rien. Tu voulais qu'on soit pauvres, juste pour nous voir te supplier.

— Oscar n'a pas fait faillite, James lui a prêté l'argent, protesta Mary-Love.

— Oscar ne t'a jamais pardonné. Et je ne crois pas qu'il le fasse un jour.

— Toi non plus, tu ne m'as jamais pardonné, n'est-ce pas ?

— Mary-Love, tu ne m'aimes pas parce que je t'ai pris Oscar. Tu m'as détestée dès l'instant où je suis arrivée à Perdido. Que je te pardonne ou non n'a aucune importance pour toi.

— Tu as raison, dit Mary-Love dans un accès de sincérité presque inconscient, affichant soudain sa colère et exprimant le fond de sa pensée. Je me fiche de ton pardon. Je n'ai jamais rien attendu de toi si ce n'est ton amertume et tes reproches. C'est tout ce que tu m'as jamais donné. J'imagine que cette conversation est ta façon de me souhaiter un bon voyage.

— Exactement, répondit Elinor, imperturbable. Mais je n'ai pas encore tout à fait fini.

— Tu attendais ton heure, n'est-ce pas ? Tu couvais ton hostilité ? Ça fait cinq ans que tu la gardes en réserve, depuis qu'Oscar m'a demandé de lui prêter de l'argent dont il n'avait pas besoin !

— J'ai attendu… admit Elinor.

— Je me demandais quand est-ce que tu allais dévoiler ton jeu, coupa sèchement Mary-Love, depuis que tu as débarqué ici pendant la crue, à te prélasser à l'*Osceola* en attendant que mon fils vienne te sauver, te faire la cour et t'épouser ! Allongée calmement comme un lézard qui attend qu'une mouche passe ! Ça, tu l'as eu. Je n'ai rien pu faire. Mais je t'ai empêchée d'avoir tout le reste ! En dépit de tes manigances, de tes tours de passe-passe, au final tu te retrouves sans rien !

— Rien ? répéta Elinor.

— *Rien du tout*. Qu'est-ce que tu possèdes ? Tu as cette maison, parce que je vous l'ai donnée. Tu as des tiroirs pleins de reconnaissances de dettes envers James, le seul homme sur terre qui aurait consenti à prêter de l'argent à Oscar qui n'a jamais eu que ce que je lui ai donné et n'aura jamais rien d'autre. Tout ce que tu possèdes, c'est un peu de terrain disséminé par-ci par-là, mais ce ne sont que des marécages et puis aucune route n'y passe, et de toute façon Tom DeBordenave, même quand c'était à lui, n'en a jamais tiré le moindre sou. Et tu as cette petite fille, cette gamine maladive qui ne vaut rien comparée à celle que tu m'as donnée il y a quinze ans. Tu as quelques amis en ville, mais ce sont ceux que tu m'as volés. Ce sont ceux dont je ne voulais plus. Et tu as un mari qui refuse de vivre ailleurs qu'à côté de chez sa mère. Voilà ce que tu as, Elinor, et laisse-moi te dire, c'est peu. Du moins, selon mes critères.

— Il semblerait que toi aussi tu viennes de dévoiler ton jeu, fit simplement Elinor.

— Non ! Ce n'est pas moi qui cherche la bagarre. Ce n'est pas moi qui joue sans cesse à des jeux. Parce que je vaux mieux que ça. Tu m'accuses de t'enlever ce qui t'appartient soi-disant, sauf que personne ne t'enlève quoi que ce soit, Elinor. C'est juste que tu n'as pas eu le courage d'obtenir par toi-même ce que tu voulais.

— Je me suis retenue », répliqua Elinor.

Mary-Love éclata d'un rire sardonique.

« J'aimerais bien te voir tenter quoi que ce soit. Qu'est-ce que tu crois que tu peux réellement faire pour te venger de moi, pour toutes ces choses que tu penses que j'ai faites ? Quel minable petit tour prépares-tu maintenant ?

— Mary-Love, en dépit de toi et de toutes tes tentatives pour maintenir Oscar sous ta coupe, j'ai l'intention de faire de lui un homme riche. J'ai l'intention de le rendre plus riche que tu n'as jamais rêvé de l'être. Voilà ce que je vais faire. »

Mary-Love partit d'un nouveau rire.

« Et comment comptes-tu t'y prendre ? La dernière fois que tu l'as convaincu de faire quelque chose, il s'est endetté jusqu'au cou, et il ne s'en remettra jamais. Tu vas le persuader d'acheter plus de terres ?

— Exactement... Henry Turk veut vendre les siennes. C'est tout ce qu'il reste au pauvre homme. Il possède environ deux mille hectares dans le comté d'Escambia. Il est venu parler à Oscar l'autre jour.

— Combien en veut-il ?

— Cinquante dollars par hectare.

— Ça fait cent mille dollars ! Où Oscar va-t-il trouver cette somme ? »

Elinor sourit.

« Je pensais profiter de l'occasion pour te demander de la lui prêter. »

Mary-Love en resta muette d'effarement.

« Tu me demandes de vous prêter cent mille dollars pour qu'Oscar puisse acheter une parcelle de terre sans valeur ?!

— Elle n'est pas sans valeur. Elle est couverte de pins.

— Seigneur, qu'a-t-on besoin de plus de pins ? Personne n'achète plus rien, Elinor. Tu n'es pas au courant qu'on est en pleine Dépression ?

— Il nous faut ces terres, Mary-Love. Est-ce que tu acceptes de nous prêter cet argent ?

— Évidemment que non ! Jamais je ne vous prêterai quoi que ce soit ! Tu veux que je finisse à l'hospice, c'est ça que tu as en tête ! Eh bien, non, je ne vais pas me laisser faire, Oscar n'aura pas un centime. Qu'est-ce qu'il a réussi à tirer des terres qu'il a achetées à Tom DeBordenave ? Il n'a même pas été capable de rembourser la banque.

— Donc, la réponse est non ?

— Bien sûr que c'est non ! Tu croyais sincèrement que j'allais accepter ?

— Non, admit Elinor. Je voulais juste te donner une dernière chance.

— Une dernière chance de *quoi* ? »

Elinor ne répondit pas. Elle but la fin de son nectar et reposa le verre sur la table basse.

« Mary-Love, répondit-elle sans émotion, pense ce que tu veux de moi. Tout ce que je voulais dire, c'est que je sais ce que tu manigances. Je l'ai toujours su. Quand l'heure viendra pour toi de réfléchir aux conséquences de tes actes, rappelle-toi que je t'ai offert une dernière chance. »

Mary-Love se leva de la balancelle et rajusta sa robe.

« Une dernière chose, Elinor…

— Quoi ?

— Tu fais le pire nectar que j'aie jamais bu. On dirait que tu l'as préparé avec de l'eau puisée dans cette infâme rivière. Si j'en ai bu plus qu'une gorgée, c'était seulement par politesse. »

Le lendemain matin, une caravane d'autos remplies de gens et de bagages se mit en branle pour la gare d'Atmore. Florida Benquith conduisait Queenie, ses enfants et Ivey. Bray accompagnait Mary-Love, Sister et Miriam. Enfin, Oscar conduisait James, Danjo et Frances. Tous étaient les uns sur les autres et impatients de s'en aller. Sister transportait les liasses de tickets dans son portefeuille. C'est elle qui était en charge de la logistique du voyage.

À la gare, la famille entière et leurs bagages s'alignèrent sur le quai du train Humming Bird qui les emmènerait à Montgomery. De là, un changement les conduirait directement à Chicago.

Une dernière fois, Mary-Love tenta d'arracher à son fils une parole affectueuse.

« On va te manquer ?

— Maman, tu embarques la moitié de la ville.

— Dis-moi au revoir, Oscar !

— Amuse-toi bien, maman », dit-il en lui faisant une bise de formalité.

Elle n'en espérait pas tant. Elle se tourna pour remercier Florida de les avoir accompagnés, quand soudain elle fut prise d'un vertige et se retint au dossier d'un banc pour ne pas perdre l'équilibre.

« Ça va, Mary-Love ? », demanda Queenie.

Mary-Love leva la tête avec une expression de douloureuse surprise.

« Tout d'un coup, je crois que j'ai le pire mal de tête que j'aie jamais eu.

— Tu es malade ? », s'enquit Miriam avec appréhension.

Elle attendait ce voyage depuis des mois et ne supportait pas l'idée que quoi que ce soit puisse lui gâcher son plaisir.

« Non, c'est juste une migraine. Sister, on est prêts à partir ?

— Oui, maman... »

Avant que Sister puisse finir sa phrase, Mary-Love s'effondra sur le banc et passa une main sur son visage blême.

« Je ne comprends pas ce qui m'arrive », haleta-t-elle.

Les adultes se rassemblèrent autour d'elle. Debout sur le côté, Malcolm et Lucille affichaient une mine déçue, en attente d'une mauvaise nouvelle. Frances et Miriam dévisageaient leur grand-mère sans pouvoir cacher leur crainte. Elle avait l'air mal en point.

Ivey s'avança et toucha le front de Mary-Love. Ses cheveux tombaient en cascades moites sur son crâne brûlant.

« M'dame Mary-Love, vous avez chaud ?

— Ivey, chuchota-t-elle, je me consume ! »

La domestique se tourna vers le reste de la famille et annonça : « Elle a une mauvaise fièvre. Il faut qu'elle rentre se mettre au lit tout de suite. Reculez un peu pour lui faire de l'air, dit-elle en sortant un mouchoir de sa poche avant de le tendre à Miriam. Va mouiller ça. »

La jeune fille courut aux toilettes des dames. Les autres s'entretenaient à voix basse en lançant de brefs coups d'œil à Mary-Love dont la tête oscillait d'un côté et de l'autre, tandis qu'Ivey déboutonnait son chemisier et épongeait la sueur à son front.

« Elle est vraiment malade », nota Florida.

En tant que femme de médecin, son opinion avait un certain poids.

« Je sais, répondit James, mais est-ce qu'elle va aller mieux ?

— Une fois qu'elle sera rentrée, oui, probablement, répondit Florida. Il faut que Leo l'examine. Je n'ai jamais vu quelqu'un tomber malade aussi soudainement. »

Il y eut un silence gêné. Une grimace passa sur le visage de Sister.

« Bon, d'accord, je vais le dire, fit-elle.

— Dire quoi ? demanda faiblement James.

— Qu'est-ce qu'on va faire ? Est-ce qu'on rentre tous à Perdido en attendant de repartir dans cinq ans ?

— Mary-Love n'a pas l'air bien du tout ! s'exclama James.

— Florida et moi, on va s'occuper d'elle, proposa Oscar. Vous autres, prenez votre train. On doit penser aux enfants. Ils vont être tellement déçus si vous faites demi-tour.

— Je sais, soupira James. Mais je me sens mal de l'abandonner dans cet état…

— Elle voudrait sans doute que vous preniez ce train et que vous profitiez du voyage, dit Florida. Je pense qu'elle ne voudrait pas tout gâcher. »

Sister éclata de rire.

« Florida, je croyais que tu connaissais maman mieux que ça. Rien ne la guérirait plus vite que de savoir qu'on a tout annulé pour elle.

— Sister ! s'indigna James.

— Désolée, mais c'est vrai. Ça fait des mois qu'on organise ça, et c'est la première fois que j'ai vraiment l'occasion de faire quelque chose ou d'aller quelque part depuis mon mariage. Je n'ai absolument pas l'intention de renoncer à ce voyage juste parce que maman a attrapé une grippette.

— Ça a l'air plus sérieux, intervint Queenie. Mais je suis d'accord avec Sister, James. Les enfants sont excités… on est *tous* excités. Tout a été payé, les billets de train, les réservations d'hôtels… Et puis, qu'est-ce que les gens vont dire à Perdido s'ils nous voient rentrer juste parce que Mary-Love a la migraine et un peu de fièvre ?

— Je suppose que tu as raison, concéda James.

— Bien sûr qu'elles ont raison, approuva énergiquement Oscar. On va installer maman sur la banquette arrière de la Packard, et avant même que vous soyez arrivés à Greenville, elle sera au chaud dans son lit. Dès qu'elle sera rétablie, on la mettra dans un train pour vous rejoindre.

— Alors c'est réglé », dit précipitamment Sister. Ça semblait être la solution qui perturberait le moins leurs plans initiaux, et elle voulait que les choses soient lancées avant que James, par charité pour Mary-Love, puisse faire changer d'avis quelqu'un. « L'un de nous devrait aller parler aux enfants pour leur dire ce qui a été décidé. »

Assise sur le banc dans l'étouffante gare d'Atmore, Mary-Love gémissait et transpirait abondamment. Aucune phrase intelligible ne sortait de sa bouche. À ses côtés, Ivey lui essuyait le front et lui serrait les mains en chuchotant : « M'dame Mary-Love, qu'est-ce vous avez mangé ? Vous avez pris que'que chose qu'était pas bon pour vous ? Vous avez bu de la mauvaise eau ? »

LA PORTE DE LA PENDERIE S'OUVRE

Elinor était assise sous le porche quand Bray se gara. Comme si elle avait su que Mary-Love était étendue fiévreuse sur la banquette arrière, elle se leva, marcha jusqu'à la route et regarda dans l'auto.

« Bray, dit-elle, j'ai fait préparer la chambre d'ami. Tu peux l'y installer.

— Mam'selle Elinor, fit le chauffeur, stupéfait, Monsieur Oscar vous a appelée pour vous dire qu'on arrivait ? »

L'air préoccupé, Elinor ne répondit pas.

Oscar, qui s'était garé juste derrière Bray, avait entendu les mots de sa femme.

« Elinor, dit-il, tu es sûre que tu veux prendre cette responsabilité ? Je pensais plutôt qu'on devrait l'emmener à l'hôpital.

— Ivey l'a examinée ? »

Bray hocha la tête.

« Elle a dit qu'il fallait qu'elle soit chez elle dans son lit.

— Ce n'est donc pas l'hôpital, observa Elinor. Zaddie et moi, on va s'occuper d'elle comme il faut. »

Bray souleva Mary-Love de la banquette et la transporta sans plus tarder dans la maison, jusque dans la chambre d'ami à l'étage où il l'étendit sur le lit.

Elinor le suivit à l'intérieur, criant à Zaddie de les rejoindre.

« Et maintenant, laissez-nous. Zaddie et moi, on va la déshabiller et lui donner un bain pour la rafraîchir. Oscar, appelle Leo Benquith et dis-lui de venir », dit-elle en fermant la porte de la chambre derrière eux.

Chacun fit ce qui lui avait été ordonné. Lorsque le médecin arriva, Mary-Love, redressée contre les oreillers, paraissait très affaiblie. Elle semblait avoir vaguement conscience de l'endroit où elle était, mais se trouvait dans un tel état d'hébétude qu'elle ne fit aucune objection à être placée sous la garde de sa belle-fille. Elinor et Zaddie se tinrent au pied du lit pendant que le docteur Benquith l'auscultait.

« C'est bien ce que tout le monde pensait, une grosse fièvre, dit-il en haussant les épaules. Vous aviez raison Elinor, vous avez fait ce qu'il fallait. » Puis, s'adressant à Mary-Love d'une voix forte – comme si elle souffrait également de surdité –, il poursuivit : « Madame Caskey, Elinor va prendre soin de vous jusqu'à ce que vous alliez mieux. »

Mary-Love ferma les yeux et soupira bruyamment.

Ce soir-là au dîner, Oscar demanda à Elinor :

« Tu es sûre qu'on ne devrait pas emmener maman à l'hôpital ?

— Tu as entendu ce que le docteur a dit. Je sais quoi faire. Et puis Leo va passer tous les jours. Mary-Love détesterait être à l'hôpital, au milieu d'un tas d'inconnus… Ah, Oscar, quand les autres appelleront de Chicago pour prendre de ses nouvelles, dis-leur juste qu'elle va bien, mais qu'elle ne veut pas parler au téléphone. S'ils croient qu'elle est encore malade, ça va leur gâcher les vacances et ils vont rentrer. Ta mère les a bien dressés.

— Tu ne crois pas qu'ils *devraient* être ici ?

— Non. Ils ne feraient que la déranger. D'ailleurs, je vais interdire les visites le temps qu'elle se rétablisse. Quand ils rentreront de voyage, ta mère sera sur pied, à se plaindre de comment ils l'ont abandonnée sans hésiter. Crois-moi, ils vont en entendre parler jusqu'à leur mort. »

Mary-Love fut veillée par sa belle-fille. Elinor restait assise auprès d'elle toute la journée. Inflexible et incorruptible, Zaddie barrait la porte d'entrée à tous les visiteurs. Seul Leo Benquith était autorisé à pénétrer dans la maison, une fois par jour, juste après le déjeuner. Il examinait la malade sous l'œil vigilant d'Elinor, redescendait et acceptait toujours le verre de thé glacé que lui offrait

Zaddie. Puis il s'installait sous le porche en compagnie d'Oscar et lui faisait un compte rendu de la situation.

Celle-ci n'était pas très encourageante.

« Oscar, j'ignore ce qui ne va pas chez ta mère, dit-il. Elle a contracté une sorte de fièvre dont elle n'arrive pas à se débarrasser. Il va falloir qu'elle reste alitée pendant un moment.

— On devrait peut-être l'emmener au Sacré-Cœur de Pensacola ? proposa timidement Oscar.

— Ce n'est pas ce que je conseillerais, répondit Leo. Je crois qu'il vaut mieux qu'elle garde le lit et qu'Elinor reste près d'elle nuit et jour. Ici, elle pourra manger et boire ce dont elle a l'habitude. C'est ce que je ferais à ta place.

— Mais de quoi souffre-t-elle exactement ?

— Comme je disais, il s'agit d'une sorte de fièvre. Comme une forme de malaria… sauf que, bien sûr, ce n'est pas ça. Pour être honnête, Oscar, j'ignore totalement ce que c'est. Ta mère est allée pêcher récemment ?

— Je l'imagine mal à la pêche. Pourquoi tu demandes ça ?

— Je me souviens d'un vieux Noir, il y a très longtemps – j'ai oublié son nom – qui présentait les mêmes symptômes, en tout cas, ça y ressemblait beaucoup. C'était un des patients de papa. Moi, j'étais tout petit, mais je m'en souviens parce qu'à l'époque j'accompagnais mon père dans ses tournées. Ce vieil homme était un pêcheur, il avait son coin à quelques kilomètres, en amont d'ici je crois.

— Ça devait être avant ma naissance parce que je n'en ai aucun souvenir. Mais, il avait la même chose ?

— C'est possible. Il a dit qu'il était tombé à l'eau, qu'il a bu la tasse et qu'il a failli se noyer. Une fois rentré chez lui, il était allé se mettre directement au lit.

— Grands dieux, Leo ! Si l'eau de cette satanée rivière était vraiment infectée, tu ne crois pas qu'on serait tous morts depuis le temps ? Surtout Elinor. Elle nage dedans presque tous les jours. Elle l'a toujours fait. Et elle n'a jamais été malade une seule fois depuis le jour où on s'est mariés. Et qu'est-ce que ce vieux Noir est devenu ?

— Oh, c'était il y a si longtemps ! Ce type est mort depuis vingt-cinq ans.

— D'accord, mais de quoi ? »

Leo regarda Oscar dans les yeux, mais ne répondit pas.

« Il est mort de la fièvre qu'il a attrapée dans la Perdido, c'est ça ? poursuivit Oscar en secouant la tête d'un air triste. Leo, je suis désolé. Je pense que tu es sans conteste le meilleur médecin à trois comtés à la ronde, mais c'est juste que maman et moi on a eu quelques différends, ces derniers temps.

— Oui, Florida m'a dit ça.

— S'il lui arrive quoi que ce soit maintenant, je crois que j'en mourrais ! Tu penses que si je lui demande pardon, elle m'entendra et comprendra ce que je lui dis ?

— C'est possible.

— Tu penses que c'est une bonne idée ?

— Du moment que tu n'attends pas de réponse. Parce que je ne suis pas sûr qu'elle soit en état de le faire. Oscar, tu sais quoi ? Laisse-la se remettre de ma visite, puis monte et demande à Elinor si c'est bon. Elle saura quoi faire.

— Heureusement qu'Elinor est là pour veiller sur maman, dit fièrement Oscar.

— Tout à fait d'accord avec toi, acquiesça Leo. Je crois qu'Elinor en connaît autant sur ce qu'a Mary-Love que moi. »

C'est ainsi qu'une heure plus tard, après avoir bu deux autres verres de thé glacé, fait plusieurs fois le tour de la maison, traqué avec un bâton des serpents dans la vigne kudzu au pied de la digue et appelé Zaddie afin qu'elle lui ouvre la porte de derrière, Oscar monta à l'étage et frappa à la chambre d'ami.

Elinor ouvrit la porte sans bruit et sortit dans le couloir.

« Comment va maman ?

— Pareil.

— Est-ce que je peux lui parler ?

— De quoi ?

— De… choses, dit-il évasivement et avec embarras.

— Tu vas lui crier dessus ?

— Bien sûr que non ! J'aimerais lui demander pardon.

— Pardon ?

— De ne pas avoir été la voir pendant cinq ans.

— Oscar, c'était sa faute, pas la tienne.

— Je sais, mais ça ne fait rien, je n'aurais pas dû réagir de cette manière. Maman a toujours été comme ça, je le sais. Peut-être que si je lui demande pardon elle guérira plus vite. Qu'est-ce que tu en penses ? »

Elinor prit le temps de réfléchir à la question. Enfin, elle s'écarta et dit :

« Très bien, Oscar. Entre. Mais parle à voix basse et ne lui demande pas de répondre par oui ou non ni de hocher la tête et t'embrasser.

— Promis. Est-ce qu'elle va m'entendre ? Tu crois qu'elle va comprendre ce que je dis ?

— Je n'en sais rien. Écoute, je vais descendre dire un mot à Zaddie, j'en aurai pour quelques minutes. Puis je remonterai et je te mettrai dehors. Compris ? »

Tandis qu'Elinor longeait silencieusement le couloir en direction de l'escalier, Oscar entra d'un pas hésitant dans la chambre.

Plongée dans la pénombre, la chambre était étouffante alors même que le soleil brillait dehors et qu'un vent frais venu du Golfe balayait la propriété. Les volets étaient fermés, les stores vénitiens descendus et les rideaux tirés. Seule une fine ligne de lumière à la base des fenêtres indiquait qu'il ne faisait pas nuit noire dehors. La pièce était envahie par l'odeur caractéristique de la maladie, comme si celle-ci avait infecté le linge de lit, les meubles et même les murs et le parquet. Un ventilateur était posé sur la table de chevet encombrée de boîtes de médicaments. Sa rotation poussive était due à un défaut mécanique, mais Oscar eut l'impression que cela venait plutôt de la densité de l'air qu'il avait à brasser. Un tapis supplémentaire avait été posé au sol, les chaises étaient toutes garnies de coussins et des tissus avaient été étendus sur chaque surface afin d'assourdir les bruits environnants. Une unique ampoule à faible luminosité brillait derrière un rideau de soie pourpre. Examinant la pièce, Oscar comprit que sa fille ait pu avoir peur d'y dormir. Les murs étaient vert foncé, mais ils paraissaient aussi sombres que le lustre en acier noir suspendu au plafond. Il était rarement venu dans cette pièce. Avec la porte fermée, la lumière éteinte et les sons extérieurs étouffés, on l'aurait crue détachée du reste de la maison.

De la même façon, sa mère, étendue dans le lit, semblait détachée de sa vie. Ce n'était plus la femme présente dans sa mémoire et ses pensées. Calée entre des oreillers, Mary-Love gisait immobile, le souffle rauque, dans une robe de nuit en tissu épais. Les draps et la couverture étaient impeccablement tirés ; ils la couvraient presque jusqu'au cou. Frêles et blanches, ses mains reposaient sur le drap replié.

Ses yeux étaient ouverts, mais ils n'étaient pas tournés vers son fils. Quand Oscar s'écarta légèrement à gauche, ils ne le suivirent pas. Son regard était perdu dans le vague. Il se plaça dans le champ de vision de sa mère.

« Maman ? »

Il tendit l'oreille et se demanda si sa respiration ne s'était pas très légèrement accélérée. Difficile à dire avec le bruit du ventilateur.

« Maman, je suis venu te parler une minute. »

Il avança vers la table et éteignit le ventilateur. Pour la première fois, il perçut combien la respiration de sa mère était anormalement saccadée.

De retour au chevet du lit, il dit : « Ne t'inquiète pas, je vais le rallumer dans un instant. Je veux juste m'assurer que tu entends ce que je dis. »

Il marqua une pause, attendant d'elle le signe qu'elle avait compris ou qu'elle consentait à ce qu'il poursuive. Rien ne vint, pourtant il sentit qu'il devait continuer.

« Maman, je suis vraiment désolé que tu sois malade. La seule chose positive là-dedans, c'est que ça nous permet, à Elinor et moi, de prendre soin de toi. Tu sais ce que ça signifie, n'est-ce pas ? Ça veut dire que personne n'est fâché. Je ne pense même plus à ce qui m'a mis en colère. Et Elinor ne se donnerait pas tout ce mal si elle était encore en colère contre toi, pas vrai ? Elle ne passerait pas ses journées à ton chevet. Elle ne dormirait pas ici avec toi. Maman, je veux que tu saches que moi non plus je ne suis plus fâché. Je veux que tu guérisses. Quand tout le monde rentrera de Chicago, je veux que tu puisses retourner chez toi et que tu passes tes journées à râler. Je veux que tu sois furieuse parce que tout le monde t'a laissée seule ici. Mais tu sais quoi ? Je suis heureux qu'ils l'aient fait, parce que comme ça Elinor et moi on a une chance de te montrer combien on t'aime. C'est ça que je voulais te dire. Ce n'est pas parce que je ne suis pas toute la journée dans cette chambre que je m'en fiche, pas du tout. C'est seulement que je ne saurais pas quoi faire pour prendre soin de toi. Tu vois, je n'arrive même pas à être sûr que tu entends ce que je dis. Je ne saurais pas quel médicament te donner, c'est pour ça qu'Elinor a tout pris en main. Elle est encore meilleure infirmière que je ne l'aurais pensé. D'ailleurs, ça ne te rend pas triste à pleurer que vous ayez été fâchées toutes ces années ? Tu sais quoi ? Ça fait déjà seize ans qu'on est mariés, c'est pas fou, ça ? Je me rappelle la première fois où… »

À cet instant, Elinor ouvrit la porte et dit :

« Oscar, ça suffit pour le moment. C'est l'heure de son médicament. Tu peux rallumer le ventilateur ?

— Tu crois qu'elle m'a entendu ? fit-il après avoir remis en route l'appareil. J'ai dit des choses que je tenais absolument à ce qu'elle sache. »

Elinor tourna son regard vers la femme étendue.

« Je suis certaine qu'elle a entendu chaque mot. »

Sur le plateau à côté du ventilateur, elle saisit une fiole remplie d'un liquide rouge, dévissa le bouchon et en versa une dose dans une cuillère à soupe en argent.

« Certaine ? insista-t-il, nerveux.

— Oui. Oscar, il est temps pour toi de retourner à la scierie. Tu pourras parler à Mary-Love plus tard, dit-elle en s'approchant du lit avec la cuillère de médicament.

— C'est Leo qui a prescrit ça ? »

D'une main, elle pressa les joues de Mary-Love qui ouvrit la bouche par réflexe. Oscar la regarda verser le liquide puis redresser le menton de sa mère, de sorte que la bouche se referma dans un claquement de dents.

« Non, répondit Elinor en s'écartant du lit, c'est moi. »

Oscar poussa doucement la porte.

« Je reviendrai à dix-sept heures. »

Il regarda une dernière fois sa mère, dont les yeux semblaient à présent le fixer. Oscar crut y lire de la peur.

« Maman, ajouta-t-il, Elinor va bien s'occuper de toi. »

Il se glissa hors de la chambre et ferma vite derrière lui. Il ne vit pas les lèvres de sa mère remuer et tenter en vain de libérer trois syllabes.

« *Per... di... do...* », murmura-t-elle.

Elinor lança un regard à sa belle-mère et mit le ventilateur à vitesse maximale. Le souffle gras et irrégulier de la malade disparut sous le bruit.

Elinor se rassit sur le siège à bascule au pied du lit et ouvrit un magazine sur ses genoux.

Les doigts de Mary-Love tordaient faiblement le drap. Ses lèvres tremblantes formèrent les mots : *Je... me... noie...*

Faiblesse, fragilité, immobilité et dépendance – toutes ces choses dont Mary-Love Caskey n'avait jamais fait l'expérience auparavant, avaient désormais envahi sa vie. Elle se souvenait d'être tombée malade à la gare d'Atmore, puis d'avoir ouvert les yeux dans cette chambre qui n'était pas la sienne. Elle savait où elle était grâce aux fleurs peintes qui ornaient le cadre du lit à ses pieds ; elle l'avait choisi elle-même à Mobile, c'était le premier meuble qu'elle avait acheté pour la maison de son fils.

Ses bras et ses jambes étaient à la fois glacés et insensibles. Sa tête la brûlait. Elle avait toujours l'impression de se réveiller, quoiqu'elle n'ait jamais à ouvrir les yeux. Elle ne se rappelait jamais avoir dormi. Elle aurait souhaité pouvoir rêver. Rien ne demeurait dans son esprit hormis ses membres froids, son front chaud et le profil d'Elinor sur son siège à bascule au pied du lit. Quelquefois, Zaddie faisait une apparition, et la voix de la jeune domestique semblait lointaine lorsqu'elle parlait. Comme si Mary-Love l'entendait depuis la maison voisine, ou comme une voix perçue dans son sommeil.

Par contraste, celle d'Elinor était toujours proche et claire, comme si elle chuchotait directement à son oreille dans le noir.

Elle n'avait jamais faim et ne se rappelait jamais avoir mangé quoi que ce soit. La seule chose dont elle se souvenait, c'était les doigts d'Elinor qui lui pressaient les joues, le liquide rouge qu'on versait entre ses lèvres ouvertes. Des heures plus tard, elle en sentait encore le goût râpeux contre ses gencives et ses dents. Elle se demandait pourquoi Leo Benquith lui avait prescrit ça. Elle se sentait toujours plus faible et plus malade après l'avoir bu.

À mesure que les jours passaient – du moins, le supposait-elle, en se basant sur les différentes tenues de Zaddie lorsqu'elle entrait dans la pièce pour apporter ses repas à Elinor –, son corps devenait de plus en plus insensible. Ses bras et ses jambes n'étaient plus glacés, mais les draps, la couverture et le dessus-de-lit pesaient sur elle telle une chape de plomb. Ses mains reposaient à l'air libre, mais l'atmosphère même semblait lestée, comme cherchant à l'immobiliser complètement. Mary-Love sentait encore la transpiration sur son front, qui parfois lui coulait dans les yeux et la piquait. Elle accueillait ces picotements avec joie, car c'était la dernière sensation qu'il lui restait.

Autrement, elle ne pouvait s'ôter de l'esprit qu'elle se remplissait de liquide, comme si son corps n'avait été qu'une enveloppe de peau dans laquelle Elinor versait jour après jour le néfaste remède rouge. Ce n'était pas sucré, mais il lui rappelait le nectar de mûres qu'elle avait bu à la veille de tomber malade. Ses jambes et son ventre étaient si lourds qu'elle avait l'impression de s'enfoncer profondément dans le lit. Elle était certaine de ne plus jamais être capable de les bouger. Une cuillère à soupe paraissait remplir son corps autant que des litres ! Elle s'alourdissait encore et encore. Le liquide engorgeait ses poumons, ne laissant que peu de place à l'air. Sa respiration se fit haletante et rapide, et elle sentit qu'elle commençait à se noyer. Son cerveau gardait involontairement une image d'elle dérivant lentement dans la Perdido, son corps flottant juste sous la surface, mais sa bouche, ses yeux et son nez à fleur d'eau. Le reste était immergé. Si elle se débattait, elle se noierait dans cette chambre sèche et étouffante de la maison d'Oscar. Même si l'on tirait les rideaux, qu'on relevait les stores et ouvrait les volets, Mary-Love n'aurait vu que la digue, et non la Perdido qui coulait derrière, cette même rivière dont sa belle-fille la gavait à pleines cuillerées jour après jour après jour.

Car Mary-Love en était certaine, c'est ce que la fiole sans étiquette contenait. Désormais, elle en reconnaissait le goût. Elle savait que ce qui lui irritait la gorge et râpait sa langue quand elle avalait était des grains d'argile rouge. Elle en sentait l'odeur putride chaque fois qu'on dévissait le bouchon. Pourtant, elle ne pouvait empêcher ses lèvres de s'ouvrir quand Elinor pressait ses joues, elle ne pouvait faire autrement qu'avaler quand Elinor lui refermait la bouche.

Elinor était infatigable. Elinor ne la quittait jamais.

Mary-Love priait pour qu'on la laisse seule ; elle priait pour qu'on la laisse mourir en paix. Elle aurait voulu sombrer dans un sommeil infini et dépourvu de rêves. Elle aurait voulu mourir d'une autre mort que celle que sa belle-fille lui préparait. Lorsqu'elle comprit qu'aucune de ses prières ne serait jamais exaucée, elle implora Dieu pour qu'il mette un terme à son calvaire.

Elinor s'asseyait sur son fauteuil au pied du lit et se balançait. Elle feuilletait silencieusement ses piles de magazines et allait prendre les plateaux que lui apportait Zaddie à la porte. Elle restait à côté le temps de faire son rapport à Leo Benquith et quand il était parti, elle déversait les litres de la Perdido dans la gorge de sa belle-mère.

Une fois seulement, Mary-Love reprit conscience à un moment où sa belle-fille n'était pas dans la chambre. Comme à l'ordinaire, ses yeux étaient déjà ouverts. Elle ne gardait aucun souvenir de s'être réveillée, seulement d'avoir dormi. Elle n'avait pas la force de bouger les yeux dans ses orbites. Elle ne pouvait que fixer droit devant elle. Elinor n'était pas sur sa chaise. Sans s'en expliquer la raison, Mary-Love sut qu'elle n'était pas là. Elle sut aussi qu'il faisait nuit.

Elle prit une courte inspiration – si minuscule que même une personne penchée au-dessus d'elle ne l'aurait pas remarquée –, afin de sentir jusqu'à quel point ses poumons étaient remplis.

Son cœur se contracta. Il ne lui restait que quelques centimètres à peine d'espace. Quelques respirations à peine avant l'asphyxie. Elle était lourde, pleine d'eau, et la rivière continuait à monter.

Ce n'est pas comme ça que fonctionnent les poumons, la sermonnait une voix ayant appartenu à l'ancienne Mary-Love. On ne remplit pas un corps d'eau comme s'il s'agissait d'un ballon. Les femmes ne se noient pas dans leur lit.

Mary-Love refusait de céder à la panique. Si elle paniquait, elle allait haleter. Si elle haletait, l'eau ballotterait, tanguerait, et elle allait mourir en régurgitant l'eau de la rivière. À cet instant, elle n'espérait rien sinon s'accrocher de nouveau à la vie. Elle voulait repousser cette fin qu'elle avait depuis peu si ardemment appelée de ses prières.

Elle s'efforça de maintenir le rythme presque imperceptible de sa respiration.

La chambre s'obscurcit, comme si elle avait fermé les yeux, alors que Mary-Love le savait, ils étaient grands ouverts. Elle ignorait combien de temps ça dura. Ce qu'elle savait, c'est qu'elle ne perdit jamais connaissance.

Et soudain l'obscurité s'éclaira, mais ce n'était pas le matin. Ce n'était pas non plus l'éclat d'une lampe ou la lumière filtrant du couloir par la porte entrouverte. C'était une lueur blanc-bleu qui se dégageait des contours de la penderie, à droite de la cheminée.

Mary-Love concentra son regard dessus. C'était tout ce qu'elle pouvait faire.

La porte de la penderie était en train de lentement s'ouvrir.

Un petit garçon se tenait à l'intérieur. Visiblement confus, il regardait autour de lui. Comme Mary-Love, il paraissait non pas s'être réveillé là, mais se trouver dans un état de conscience qui n'avait pas existé plus tôt. Il leva la main devant ses yeux et l'examina. Il scruta prudemment la chambre plongée dans la pénombre. Mary-Love savait qu'elle le connaissait, cependant elle n'arrivait pas à l'identifier avec certitude. Était-ce l'un des siens ? Était-ce le petit de Queenie ?

L'enfant fit un pas hors de la penderie. La lumière blanc-bleu s'évanouit. La chambre s'assombrit de nouveau.

Le ventilateur était éteint, aussi Mary-Love n'entendait-elle que le halètement rauque de sa propre respiration.

À présent qu'elle ne pouvait plus le voir, le nom du garçon lui revint subitement en mémoire : « John Robert DeBordenave. »

Au-delà de son nom, son histoire lui revint aussi.

John Robert avait disparu il y a douze ans. Il s'était noyé dans la Perdido au cours de l'étape finale de la construction de la digue. Or voilà qu'il lui était brièvement apparu à la lueur de la penderie, pas plus âgé que la dernière fois où elle l'avait vu.

« Elinor a gardé cet enfant enfermé ici ?! », pensa-t-elle.

Elle entendit un bruit de pas, bien qu'il soit assourdi par le tapis.

Adossée à ses oreillers, les mains à plat sur les couvertures parfaitement remontées, Mary-Love semblait avoir été préparée à recevoir la visite d'un ministre. Dans le noir, elle ne voyait rien.

Et soudain le drap qu'on tire, juste sous ses mains. Incapables d'opposer la moindre résistance, ses bras demeurèrent inertes sur le lit.

Mary-Love ne voyait rien, mais au grincement des ressorts et à l'affaissement léger du matelas, elle sut que John Robert DeBordenave se glissait à ses côtés dans le lit.

LA COURONNE MORTUAIRE

Les Caskey passèrent un merveilleux séjour à Chicago, Saint-Louis et la Nouvelle-Orléans. Les adultes s'amusèrent autant que les enfants. Seule Miriam paraissait déboussolée. Sa grand-mère lui manquait cruellement, ou plutôt, ce qui lui manquait c'était ce sentiment de supériorité envers les autres enfants que Mary-Love entretenait en permanence chez elle. Sans Mary-Love, Miriam était seulement une petite fille comme les autres, ne jouissant d'aucun privilège particulier par rapport à Frances, Danjo, Lucille ou Malcolm.

Tous les jours, James appelait Oscar pour demander des nouvelles de sa belle-sœur. Tous les jours, Oscar répondait que son état de santé s'améliorait, quoiqu'elle ne puisse ni écrire ni sortir du lit pour répondre au téléphone. Il ne mentionna pas la pile de cartes postales en provenance de Chicago, Saint-Louis et la Nouvelle-Orléans qui attendaient sur la table du hall, ni lues ni admirées.

Il ne dit rien du fait que, depuis leur départ, Mary-Love n'avait pas prononcé le moindre mot intelligible, pas plus qu'elle n'avait montré d'intérêt ou de curiosité pour quoi que ce soit. La chambre d'ami, qui avait d'abord empesté la maladie, s'était mise à dégager une odeur beaucoup plus forte.

Peut-être James perçut-il quelque chose dans la voix d'Oscar ou dans ses réponses évasives. Mais personne d'autre dans la famille ne se doutait de rien, si ce n'est qu'à leur retour Mary-Love serait folle de rage contre eux. Au cours de la dernière partie du voyage, durant les cinq heures de train entre la Nouvelle-Orléans et Atmore, chacun resta assis en silence dans le compartiment. La plupart des discussions portaient sur la meilleure façon d'affronter Mary-Love à leur arrivée. De l'opinion générale, celle-ci ne leur pardonnerait jamais de l'avoir abandonnée et d'avoir pris du bon temps sans elle.

« Seigneur, soupira James, je sais qu'elle va nous en vouloir. C'est pour ça qu'elle ne nous a donné aucune nouvelle directement. Elle se réserve pour notre retour.

— Je sais déjà ce qu'elle va dire, déclara Sister. "J'ai été guérie en deux jours, mais vous n'avez pas voulu m'attendre et vous êtes tous partis sans moi."

— Elle va dire, renchérit Queenie, "J'ai payé pour ce voyage, mais je n'en ai retiré aucune satisfaction. Que personne ne me demande plus jamais d'aller où que ce soit, parce que ce sera non, on ne m'y reprendra plus !" »

Ils riaient de la prévisibilité de sa réaction, tout en craignant son mécontentement.

Quelques kilomètres avant l'arrivée, la famille se rassembla dans le couloir étroit du train. Ils auraient peu de temps pour descendre à quai, et ils étaient chargés de tout ce qu'ils avaient emporté au départ et de tout ce qu'ils avaient glané en route. Ivey était en tête de file, James et Sister à l'autre bout. Queenie et ses enfants attendaient au milieu. Tout le monde avait les yeux rivés sur la vitre, à guetter la première vision familière ou personne connue.

À mesure que le train ralentissait, les enfants se firent de plus en plus fébriles, jusqu'à ce que Danjo s'exclame, le doigt pointé : « Je vois Bray ! »

« Y a Madame Benquith ! », cria Lucille.

« Papa… », chuchota Frances.

Au bout de la file, Sister regardait par la porte ouverte du compartiment, à travers la vitre donnant sur l'autre côté de la gare. Dans le parking de la gare, elle aperçut l'auto d'Oscar, celle de Florida Benquith et la Packard. Fixée à la calandre de la Packard, se trouvait une couronne mortuaire noire.

Lorsque le train s'arrêta, les enfants se bouchèrent les oreilles au bruyant sifflement.

Mais ce n'était pas un sifflement, c'était le hurlement plaintif et perçant de Sister qui s'élevait derrière eux et les poussait le long du couloir, au bas des marches en métal, sous le soleil brûlant de l'Alabama. Alors qu'ils se tenaient interloqués sur le quai, le hurlement de Sister continuant à résonner dans leur dos, Bray et Oscar s'avancèrent vers eux, les bras ceints d'un brassard noir.

Une couronne mortuaire avait été accrochée à la porte de chacune des maisons de la propriété ainsi que sur le portail de la scierie. Mary-Love gisait dans un immense cercueil blanc, qui ressemblait plutôt à un couffin géant, tapissé de satin pourpre.

La veille, après que Elinor eut découvert son corps, un croque-mort était venu emporter la dépouille pour la ramener quelques heures plus tard, revêtue de la robe qu'elle avait portée la Pâques précédente. Les meubles du grand salon avaient été déménagés dans la salle à manger, et le cercueil placé sous les fenêtres à vitraux. Dans la lumière colorée, expliqua l'employé des pompes funèbres, les inévitables altérations de la couleur de la peau seraient moins visibles. Des monceaux de lilas et de gardénias très parfumés enveloppés dans du papier doré entouraient le cercueil. Ils masquaient l'entêtante odeur de corruption que dégagent rapidement les morts de juillet dans l'Alabama.

Quand Bray, Oscar et Florida allèrent chercher la famille qui ne se doutait de rien, Elinor chassa de la maison les pleureuses de Perdido venues présenter leurs condoléances et décrocha temporairement la couronne mortuaire de la porte afin de décourager les autres. Elle s'installa ensuite dans le salon pour tranquillement feuilleter ses magazines, exactement comme elle l'avait fait lorsque Mary-Love avait été à l'agonie dans la pièce juste au-dessus. Zaddie et Roxie s'affairaient dans la cuisine. Les habitants avaient apporté beaucoup de nourriture, car, tout le monde le sait, rien ne creuse plus l'appétit que le deuil.

Enfin, Elinor entendit les trois automobiles approcher. Elle se dirigea vers le porche où elle attendit en silence.

En larmes, Frances sauta au bas de l'auto la première et courut dans les bras de sa mère.

Les autres émergèrent plus lentement ; ils se débattaient avec leurs bagages et leurs sacs, et discutaient à voix basse sans oser regarder la maison. Personne ne paraissait savoir quoi faire.

« Laissez vos affaires ici, intima Elinor d'une voix basse et pourtant audible de tous. Et suivez-moi. »

La famille se massa timidement devant l'entrée. Ayant rempli sa part, Florida Benquith s'éloigna doucement, le plus discrètement possible.

« Où l'as-tu mise, Elinor ? demanda James.

— Dans le grand salon. »

Zaddie se tenait derrière la moustiquaire. Elle l'ouvrit et s'écarta pour les laisser passer, saluant chacun d'un hochement de tête. Elle chuchotait : « Comment ça va, Madame Queenie ? Eh, Danjo, tu t'es bien amusé à Chicago, c'est la ville des vents, tu sais ? »

Enfin, Elinor et la jeune fille de seize ans qui avait grandi sans elle se retrouvèrent seules sous le porche. Miriam regarda sa mère et demanda :

« Pourquoi grand-mère est ici ?

— Parce qu'on ne pouvait pas la laisser chez elle. Il n'y avait personne pour la veiller ou recevoir les visiteurs. Et aussi parce qu'elle est morte ici.

— Elle détestait cette maison », dit Miriam en entrant pour observer la dépouille de sa grand-mère.

« Elle n'a jamais été aussi belle », fut l'opinion générale, quoique chacun pensât que Mary-Love n'avait jamais été aussi affreuse. Son visage ressemblait à un champ de ruines : émacié, étiré à certains endroits et flasque à d'autres. Ses mains repliées semblaient crispées par la frustration. La vision qu'elle offrait n'avait rien du sommeil, n'avait rien de naturel.

« Elle peut nous entendre ? », chuchota Danjo.

James secoua la tête.

Miriam se tenait au pied du cercueil, qu'elle scruta attentivement pendant presque une minute. Ses yeux étaient secs.

« Où sont ses bagues ? », demanda-t-elle enfin.

Cette nuit-là, Sister veilla le corps de sa mère, rejointe d'abord par James et plus tard par Oscar. Réunis en pareilles circonstances, les Caskey paraissaient avoir vieilli d'un coup. Cela faisait longtemps que la famille n'avait pas perdu un membre important. James et Mary-Love avaient exactement le même âge, et les soixante-six ans de James parurent soudain peser lourd sur ses épaules – à ses yeux, et à ceux de sa famille. Oscar avait quarante et un ans ; en présence du cadavre de sa mère, il en accusait chaque année. Sister avait trois ans de plus, une différence qui paraissait dorénavant un gouffre. Dans les heures les plus sombres de la nuit, le frère et la sœur, assis sur le canapé face au cercueil, discutèrent de tout sauf de leur mère. Quand l'aube, enfin, se mit à poindre et que les premières lueurs du jour traversèrent les vitraux pour briller sur le cercueil, Sister déclara :

« Elle n'était pas vieille. Soixante-six ans, ce n'est pas vieux.

— Sister, elle était très malade. Tu ne l'as pas vue dans cette chambre.

— Qu'est-ce qu'elle a eu, au juste ?

— On ne sait pas. Après que Bray l'a ramenée de la gare, elle n'a plus dit un mot à personne. Et elle n'a pas été seule un instant.

— Elle a bien dû l'être à un moment, remarqua

Sister. Il n'y avait personne quand elle est morte.

— Elinor est descendue une seconde, et quand elle est revenue, maman était partie.

— Du moment qu'elle n'a pas souffert…

— J'aimerais pouvoir te le garantir, mais franchement, je ne sais pas. Peut-être que je n'ai pas l'habitude de côtoyer les malades en stade terminal, mais je n'ai jamais vu quelque chose comme ça…

— Comme quoi ?

— Comme ce qui est arrivé dans cette chambre, là-haut.

— Comment ça ? Qu'est-ce qui s'est passé ?

— Justement, rien. C'est ce que je veux dire. Elle est restée là-haut tout le temps où vous étiez partis. Elle n'a pas bougé, elle n'a pas parlé, elle n'a même pas fermé les yeux. Zaddie et Elinor se sont relayées à son chevet tout le temps. Elinor dormait dans un petit lit, juste à ses côtés. Mais je n'ai aucune idée de si maman souffrait ou non. Tout ce que je sais, c'est qu'Elinor a pris soin d'elle comme s'il s'agissait de sa propre mère et qu'elle l'avait aimée chaque jour de sa vie. Si maman s'en était sortie, je suppose qu'elles auraient recommencé à se quereller, mais pendant qu'elle était malade, Elinor l'a veillée sans relâche. Si tant est qu'elle s'en soit rendu compte, ça a dû faire plaisir à maman…

— Je n'en suis pas certaine, Oscar. »

Tandis que le soleil se levait sur le verger de pacaniers de l'autre côté de la route, ses rayons inondèrent les vitraux. Le cercueil s'illumina sous leurs yeux, et les doigts dépourvus de bagues de Mary-Love se teintèrent d'un bleu vif.

Ce matin-là, les premiers visiteurs arrivèrent dès sept heures trente pour offrir un dernier regard plein de respect au corps de Mary-Love Caskey. Zaddie, Ivey et Roxie servirent dans la salle à manger une quantité infinie de petits déjeuners et de cafés provenant de réserves inépuisables.

L'office funéraire eut lieu dans le grand salon en présence de la seule famille. Early Haskew avait été alerté le matin même du décès de Mary-Love et arriva à peine une heure après le début de la cérémonie. Grace n'avait pas pu être informée, étant partie en expédition dans le parc national des Great Smoky Mountains avec son amie professeure de littérature.

En revanche, presque toute la ville assista aux funérailles au cimetière. La scierie avait été fermée pour la journée, et on retrouva les employés qui erraient parmi les tombes, à distance de la cérémonie, lisant les épitaphes à voix haute, jetant des cailloux sur le sable ou frappant leurs cuisses du bord de leur chapeau. Le cercueil de Mary-Love fut inhumé à côté de celui de Genevieve. James, Sister et Queenie pleurèrent.

Sitôt la cérémonie terminée, les habitants se dispersèrent et disparurent pour le restant de l'après-midi. Peu de commerces rouvrirent. Les Caskey regagnèrent leurs demeures respectives, où chacun se laissa aller à son chagrin.

La maison d'Elinor et Oscar était pleine de nourriture. Zaddie et Bray passèrent le reste de la journée en allées et venues chez les différents membres de la famille pour leur apporter plats mijotés, jambons ou pois. Personne n'avait le cœur à cuisiner.

Elinor, Oscar et Frances étaient assis dans la véranda à l'étage. Il faisait une chaleur inhabituellement étouffante et l'air était désagréablement humide. Même la vigne kudzu au pied de la digue semblait courber la tête sous la pression atmosphérique. Les grincements de la balancelle eux-mêmes étaient assourdis, et en bas, Zaddie travaillait pieds nus.

« Tu es triste ? », demanda Oscar à sa fille.

La petite fille hocha la tête. Elle était assise à côté de sa mère sur la balancelle et lui tenait la main.

« Ça a été un gros choc, pas vrai ? »

Nouveau hochement de tête.

« Elinor, poursuivit Oscar, Sister m'a demandé ce matin pourquoi on ne leur avait pas dit de revenir à la maison alors que maman était aussi malade.

— Tu le sais très bien, Oscar.

— Pourquoi ?

— Parce que ça n'aurait servi à rien que tout le monde soit là. À vrai dire, ça aurait même pu empirer l'état de ta mère. Tous ces gens qui vont et viennent toute la journée... Elle n'aurait jamais été capable de se reposer.

— Mais elle est morte quand même, remarqua Frances. Et personne ne l'a vue une dernière fois.

— Frances a raison, approuva Oscar. Quand tout le monde est rentré, maman était déjà dans son cercueil. Je comprends qu'ils se sentent aussi coupables. James a dit que c'était horrible de penser que pendant qu'ils s'amusaient à Chicago ou ailleurs, maman était seule, dans cette chambre, à l'agonie, et que personne n'en savait rien.

— Justement, Oscar. C'est là où je veux en venir. Même s'ils avaient été au courant, ils n'auraient rien pu faire.

— Maman aurait voulu être entourée de sa famille.

— Oui ! s'exclama Frances.

— Sauf que ce n'était pas ta mère qui contrôlait la situation, dit Elinor. C'était moi. »

Oscar garda le silence, continuant à s'éventer avec un prospectus publicitaire pour une entreprise de pompes funèbres. Après quelque temps, il se leva, s'approcha de la balustrade et contempla la maison de sa mère. Il fit demi-tour et parut sur le point de dire quelque chose, mais se ravisa et demanda brusquement :

« Tu as remarqué qu'Early chiquait du tabac ?

— Pendant l'enterrement ?

— Oui ! s'écria Frances. Miriam l'a vu le recracher

dans le massif de camélias. Après ça, elle ne voulait plus lui parler. Elle a dit qu'il n'y avait que les bouseux qui se comportent comme ça.

— Combien de temps tu penses qu'il va rester ? demanda Oscar.

— Comment le saurais-je ? répondit Elinor.

— Tu lui as peut-être parlé.

— Non. De toute façon, quelle différence ça fait ?

— Sister va probablement vouloir rentrer avec lui.

— Et alors ?

— Qu'est-ce que Miriam va devenir ?

— Miriam va venir habiter avec nous, répondit Elinor d'un ton catégorique.

— Avec nous ? répéta Oscar, incrédule. Miriam n'a jamais vécu ici. Je ne crois pas qu'elle soit venue dans cette maison plus de six fois dans sa vie.

— Tu penses qu'elle va venir habiter ici ? demanda Frances sans pouvoir masquer son excitation.

— Où d'autre irait-elle ? répliqua Elinor. Dans un jour ou deux, j'enverrai Zaddie l'aider à faire ses valises.

— Maman, dit Frances d'un ton hésitant, est-ce que tu vas lui donner ma chambre ?

— Bien sûr que non ! Je vais l'installer dans la chambre d'ami.

— Elle ne peut pas dormir là-dedans ! s'écria Oscar.

— Pourquoi pas ?

— Maman est morte dans cette chambre ! Elle est morte dans ce lit !

— Et alors ? Ça ne va pas tuer Miriam. Mary-Love elle-même a dormi pendant vingt ans dans le lit où ton père est mort. D'ailleurs, je parie qu'elle y a dormi la nuit même où ça s'est passé, je me trompe ? »

Oscar acquiesça.

« Je ne crois pas que Miriam aura peur, dit doucement Frances. Si oui, elle pourra toujours dormir avec moi. »

Elinor sourit à sa fille.

« Tu n'es pas un peu âgée pour partager ton lit ?

— Est-ce que Miriam a été gentille avec toi pendant le voyage ? demanda soudain Oscar.

— Oui, papa... répondit Frances avec précaution.

— Sûre et certaine ? insista sa mère.

— De temps en temps, elle était un peu sèche, mais je m'en fichais. Je crois qu'elle était juste inquiète pour grand-mère. »

Elinor et Oscar échangèrent un coup d'œil.

« Il va peut-être falloir qu'on touche un mot à Miriam, dit Oscar.

— Maman, poursuivit Frances, Miriam aimerait savoir où sont les bagues de grand-mère.

— Elle t'en a parlé ?

— À l'enterrement.

— Qu'est-ce qu'elle t'a dit ? »

L'enfant eut une hésitation.

« Frances, qu'est-ce que Miriam t'a dit à propos des bagues ?

— Elle a dit qu'elles étaient à elle et que tu les avais volées. Elle a dit que grand-mère les lui avait données pour qu'elle les mette dans son coffre-fort à Mobile. »

Elinor ne dit rien, mais son visage s'était durci.

« Elinor, c'est normal que Miriam soit en colère. Tu sais comme elle aimait maman. Seigneur, elle a vécu avec elle toute sa vie et…

— Ne t'en fais pas, Oscar. Je ne suis pas fâchée. D'une façon ou d'une autre, Miriam et moi allons réussir à nous entendre. »

L'HÉRITIÈRE DE MARY-LOVE

Avec la mort de Mary-Love, la texture de la famille changea sensiblement. Elle en avait été la tête, la force motrice, la principale source de reproches et la mesure à partir de laquelle on en jugeait les réussites, les joies et les peines. Elle disparue, les Caskey s'étaient jaugés avec un certain malaise pour savoir qui reprendrait la place laissée vacante. James était le doyen, mais il était fragile et réservé, dénué de toute qualité de leader. Oscar était l'héritier masculin de Mary-Love, or les Caskey étaient habitués à être dirigés par une femme si bien qu'il devrait d'abord faire ses preuves avant de prétendre accéder au titre. Sister ne vivait plus là. Grace était dévouée corps et âme à sa vie à son école pour fille de Spartanburg. Queenie n'était pas vraiment une Caskey. Le fardeau paraissait donc incomber à Elinor.

Parce qu'Elinor était le choix intuitif de la famille, il fallait désormais trouver des raisons logiques à ce choix. Elle était l'épouse de l'homme qui dirigeait la scierie, source du pouvoir et du prestige des Caskey. Elle s'était acquis un statut à Perdido. Elle possédait la plus grande demeure de la ville. Elle avait prouvé sa valeur en combattant de front Mary-Love. Qui d'autre pouvait se targuer d'une telle chose sans y avoir été poussé par le désespoir absolu ?

Étrangement, elle avait changé au cours des dernières années. Ce changement était survenu de manière plus graduelle mais tout aussi radicale que la transformation que subit James dès l'instant où Mary-Love mourut. Il avait non seulement pris conscience de sa propre mortalité mais, c'est lui qu'il avait vu gisant dans le cercueil baigné de lumière colorée. Les trois années de maladie de Frances semblaient avoir provoqué pareil bouleversement chez Elinor. C'était presque comme si, dans la dévotion et l'abnégation dont elle avait fait preuve en prenant soin de sa fille, elle s'était sentie capable de la guérir sans l'aide de personne. À mesure que les jours s'étaient mués en semaines puis en mois, l'obstination d'Elinor à prouver ses dons de guérisseuse avait grandi. Lorsque, après trois ans de souffrance, Frances s'était enfin rétablie, personne n'aurait su dire si cela avait été grâce aux bains de sa mère, aux traitements du docteur Benquith, ou à un agent interne développé fortuitement par la fillette elle-même. La maladie de sa fille et l'incapacité d'Elinor à la soigner facilement et rapidement paraissaient lui avoir donné une leçon d'humilité. Tout le temps que cela avait duré, elle ne s'était pas battue avec sa belle-mère. À présent que celle-ci était morte, Elinor se tenait assagie devant la famille, prête à recevoir solennellement la couronne Caskey.

Plus ils y pensaient, plus il était évident qu'Elinor serait le nouveau chef du clan. Il n'y eut pas de délégation officielle pour l'informer de leur choix, mais ce fut tout comme. On lui demandait son opinion sur tous les sujets, mineurs comme majeurs. On approuvait sans discuter ses moindres décisions. Sa maison devint le centre de l'activité familiale. Avec de légers grincements et une rotation des rouages, le noyau de l'univers Caskey se déplaça d'une vingtaine de mètres à l'ouest.

Les Caskey avaient beau être attentifs, ils ne notèrent aucune modification dans le fonctionnement de la famille. Au cours de la première semaine de deuil, les activités furent réduites à l'essentiel. Les Caskey restèrent entre eux. Early Haskew était venu et reparti, laissant derrière lui femme et taches de tabac à chiquer sur les feuilles des luxuriants camélias de Mary-Love. Miriam resta avec Sister chez sa grand-mère.

« Quand est-ce qu'on va faire venir Miriam ici ? demanda Oscar à Elinor, un soir.

—Je ne veux pas encore la déraciner, répondit

celle-ci. Elle est très attachée à Sister. Quand sa tante rentrera à Chattanooga, on pourra commencer à en parler.

— Quand est-ce que Sister compte rentrer ?

— Je suppose qu'elle attend la lecture du testament. Je ne vois pas quoi d'autre pourrait la retenir. »

Les spéculations allaient bon train concernant le testament de Mary-Love. De l'avis de Perdido, celle-ci avait divisé sa fortune entre ses deux enfants, Oscar et Sister. Oscar allait enfin être récompensé pour ses années de loyaux services à la scierie. Quant à Sister, elle n'aurait plus jamais à s'inquiéter de la capacité de son mari à trouver du travail dans un contexte de dépression économique. Nul doute que Miriam recevrait elle aussi une part substantielle du gâteau, la jeune fille ayant occupé une place très chère dans le cœur de sa grand-mère. Aucun citoyen n'imaginait que Mary-Love ait pu faire autrement.

Les Caskey, en revanche, savaient jusqu'où Mary-Love était capable d'aller pour nuire au bonheur d'autrui et saper les ambitions personnelles. Il n'était pas inconcevable, par exemple, qu'elle ait tout légué à James, pourtant vieux et riche ; ou à Miriam, qui était jeune et ne saurait pas comment gérer cette fortune. Elinor, en particulier, attendait avec anxiété la lecture du testament. Elle voulait qu'Oscar reçoive l'argent le plus rapidement possible afin de finaliser le rachat des terres de Henry Turk. Elle craignait qu'un autre acquéreur ne se présente dans l'intervalle.

« Oscar, va voir Henry maintenant et dis-lui de ne rien vendre à personne. Assure-lui qu'on lui rachètera son terrain dès que le notaire aura lu le testament.

— Elinor, il va falloir qu'on attende. On ignore à qui maman a légué sa fortune. Et même si j'hérite de la moitié et Sister de l'autre, il faudra un certain temps avant que la procédure soit validée. Il peut se passer six mois avant que je touche le moindre centime de l'argent de maman.

— Dans ce cas, emprunte l'argent à James. Il ne faut absolument pas que les terres du comté d'Escambia nous filent entre les doigts !

— Pourquoi est-ce que tu tiens autant à acquérir des terres en Floride ? On n'a encore jamais traversé la limite de l'État.

— Ces terres ont de la valeur, Oscar.

— Je ne vois pas en quoi elles changent de celles qu'on a ici : mêmes arbres, mêmes ruisseaux, même Perdido. La seule différence, c'est qu'elles sont inhabitées et difficiles d'accès. Henry Turk n'en a jamais rien tiré, c'est pour ça qu'elles sont encore en sa possession – personne de sain d'esprit n'en voudrait. Henry a réussi à se débarrasser de tout sauf d'elles. D'ailleurs, tu sais que si on arrive effectivement à les acheter, il va falloir qu'on apprenne tout sur les lois et les taxes applicables en Floride.

— Si tu ne les achètes pas, tu le regretteras.

— Pourquoi ?

— Je connais ces terres. Un jour, elles nous rapporteront plus d'argent que tu ne pourrais l'imaginer. »

Cette dernière remarque laissa Oscar pantois. À sa connaissance, sa femme n'avait jamais mis les pieds là-bas. Comment diable pouvait-elle connaître quoi que ce soit de ces hectares de pins émaillés de ruisseaux et de méandres qui se jetaient aussi en amont de la Perdido ?

Le testament était court. Ivey Sapp et Bray Sugarwhite héritaient de deux mille dollars, afin de se faire construire une nouvelle maison dans les hauteurs, hors de Baptist Bottom, et Luvadia Sapp de cinq cents dollars. Sept cents dollars permirent à l'église méthodiste, celle de la famille, d'acquérir un nouveau vitrail, et trois cents dollars achetèrent un nouveau font baptismal à l'église méthodiste de Baptist Bottom. Les dix mille dollars légués au Club Athenaeum servirent à créer une bourse d'entrée à l'université d'Alabama pour une jeune fille méritante de Perdido.

Les Caskey approuvèrent ces menus legs. Ils étaient le signe, et tout le monde était d'accord, que la morte avait eu le sens du devoir envers sa communauté.

L'essentiel de sa fortune – la moitié de la scierie et ses diverses industries ; les terres et leurs revenus locatifs ; les actions et obligations ; les hypothèques et privilèges sur d'autres propriétés foncières dans les comtés de Baldwin, d'Escambia, de Monroe et de Washington ; les économies à la banque de Perdido, dans trois banques à Mobile et dans deux autres à Pensacola ; et les investissements en Louisiane et en Arkansas – seraient divisés à parts égales entre son fils bien-aimé Oscar et sa fille dévouée Elvennia Haskew.

À sa petite-fille Miriam Caskey, Mary-Love léguait sa maison, tout ce que contenait cette dernière, et la terre sur laquelle elle était bâtie ; la totalité de ses bijoux, pierres précieuses et semi-précieuses, sur monture ou non ; toute l'argenterie et les objets d'art ; le contenu de quatre coffres-forts entreposés dans diverses banques.

La famille poussa un soupir de soulagement. Mary-Love avait agi de manière juste et équitable. Elle n'avait pas cherché à créer de nouveaux conflits depuis la tombe. Son amour possessif et parfois malveillant s'était adouci face à la contemplation de sa propre mort au moment de rédiger son testament.

Miriam avait seize ans, mais paraissait déjà adulte. Elle trouvait ça d'ailleurs normal. Après tout, elle était désormais héritière. Elle possédait des caisses entières de bijoux dans sa chambre et quatre coffres-forts remplis de diamants, de rubis et de saphirs dans quatre banques différentes à Mobile. Elle n'était la fille de personne. Mary-Love était morte en la laissant aussi seule que si elle avait été abandonnée au beau milieu de la forêt de pins. Elle n'était plus liée à ses parents, qui avaient renoncé à elle quand elle était bébé. En dépit de leur proximité durant toutes ces années, ils demeuraient comme des étrangers à ses yeux, ou plutôt comme des cousins éloignés dont elle n'aurait pas grand-chose à faire bien qu'ils partagent le même nom et une ressemblance physique. Elle n'était pas non plus liée à Sister, quoique ça ait été à une époque le cas. Mais Sister était partie et avait épousé Early Haskew, que Miriam méprisait pour son comportement fruste et ses manies dégoûtantes.

Sister et elle dînèrent ensemble, quelques heures après leur retour du notaire. Sister avait aidé sa mère à élever Miriam quand elle était bébé, mais une fois qu'elle fut mariée, Miriam était devenue la seule fille de Mary-Love. La nièce et la tante n'étaient certes pas des étrangères l'une pour l'autre, mais il y avait désormais une certaine distance entre elles.

« C'est drôle, dit Miriam.

— Quoi donc ?

— De penser que la maison et tout ce qu'il y a dedans m'appartiennent maintenant.

— Je suis heureuse que maman te l'ait léguée. Comme ça tu vas pouvoir la vendre et mettre l'argent à la banque. Ça te servira à aller à l'université.

— Je n'ai pas l'intention de la vendre. »

Surprise, Sister leva la tête.

« Tu vas la laisser vide ? Tu ne devrais pas, les rats rentrent dans les maisons vides. Les écureuils viennent nicher dans les toits.

— Je vais vivre ici.

— Tu ne viens pas à Chattanooga avec moi ? fit Sister, abasourdie.

— Je déteste Chattanooga.

— Tu n'y es jamais allée. Qu'est-ce que tu *crois* ne pas aimer là-bas ?

— Tout.

— Ce n'est pas une réponse.

— Tu veux vraiment que je sois franche, Sister ?

— Bien sûr.

— Je ne me sentirais pas à l'aise.

— À l'aise ?

— Avec Early.

— Tu ne l'aimes pas ?

— Je ne me sens pas à l'aise en sa présence, c'est tout. Il est trop… campagnard. Je n'ai pas l'habitude de côtoyer des gens comme lui. »

Sister piqua un fard.

« L'école où tu vas est pleine de garçons et de filles qui sont beaucoup plus campagnards qu'Early.

— Oui, mais je n'ai pas à vivre avec eux. »

Miriam et Sister se passèrent les plats pour se resservir. Ivey sortit de la cuisine avec un pichet de thé glacé.

« Ivey a déjà dit qu'elle resterait avec moi.

— Oui, Madame, répondit Ivey à Sister. C'est bien ce que j'ai dit. »

Sister secoua la tête.

« Qu'est-ce que ta mère va dire ?

— Tu parles d'Elinor ?

— Évidemment que je parle d'elle. Si je repars à Chattanooga sans te prendre avec moi, Elinor va vouloir que tu emménages avec elle et Oscar.

— Pour ça, il faudra qu'on m'attache une corde au cou et qu'on me traîne de force chez eux.

— Elinor en serait capable. Elle veut que tu retournes vivre avec eux. Elle m'en a même parlé.

— Qu'est-ce qu'elle a dit ?

— Elle m'a avertie de ne pas essayer de t'emmener avec moi, parce que ta place était auprès d'elle.

— Elle ne m'aura pas !

— Miriam, tu es sa *fille*. Tu n'as pas beaucoup d'alternatives. »

Les deux femmes gardèrent le silence un moment. Ivey débarrassa et leur apporta le dessert. C'était un gâteau à la mode de Boston, le préféré de Sister.

« Je ne veux pas aller à Chattanooga, dit Miriam à Ivey.

— Ça, je le sais bien, répondit mollement cette dernière.

— Et il est hors de question que j'aille habiter avec Elinor et Oscar.

— Ça, je le sais que vous voulez pas, mam'selle.

— Je veux rester ici, dans cette maison.

— Ça, vous l'adorez cette maison, confirma Ivey avec fierté. Madame Mary-Love vous l'a donnée exactement pour ça, pour que vous viviez dedans.

— Alors, qu'est-ce que je dois faire ? Comment est-ce que je vais réussir à habiter ici ? », demanda Miriam en levant un visage interrogateur vers la domestique.

Comme si elle savait déjà quelle serait la réponse, Sister continuait à manger son gâteau.

« Mam'selle Miriam, pourquoi vous demandez pas à Sister de rester ici avec vous ? »

Miriam parut surprise.

« Et Early ?

— M'sieur Early travaille par-ci, par-là, partout, répondit Ivey. Vous voulez encore du gâteau, Sister ?

— S'il te plaît.

— Sister, reprit Miriam, tu veux bien rester avec moi ? Tu veux bien être ma mère ? »

Sister plongea le nez dans sa seconde part de tarte.

« Laisse-moi y réfléchir, Miriam. Comme on dit, la nuit porte conseil. »

Le lendemain, à la table du petit déjeuner, la première question de Miriam à sa tante fut :

« Alors, tu as pris ta décision ?

— Non, et je ne veux pas que tu me harcèles avec ça, d'accord ? Tu n'as aucun droit de me demander de laisser Early simplement pour avoir ce que tu veux.

— Alors tu t'en vas ?

— Pas encore.

— Quand ?

— J'ai dit que je ne voulais pas qu'on me harcèle.

— Quand est-ce que je pourrai te reposer la question ?

— Jamais.

— Alors qu'est-ce que je dois dire à Elinor quand elle va venir m'arracher à cette maison et me traîner chez elle ?

— Je vais parler à ta mère. Mais je veux que tu arrêtes de m'embêter avec ça. »

Miriam ne dit rien de plus. Le jour redouté fut remis à plus tard, car Sister ne rentra pas à Chattanooga. Une semaine après la lecture du testament, elle était toujours à Perdido, puis deux semaines, puis un mois passèrent. Mais Miriam vivait dans une incertitude permanente, Sister refusant de dire combien de temps elle resterait dans la maison qui appartenait désormais à sa nièce.

À la porte voisine, Oscar s'inquiétait. Il pensait qu'il était temps pour Sister de retourner chez elle afin que Miriam s'installe dans la chambre d'ami. Il fit part de ses doutes à Elinor, qui lui conseilla de ne pas brusquer les choses.

« Qu'est-ce que tu veux dire par là ? Qu'y a-t-il à brusquer ? Y a-t-il quelque chose que tu sais et dont tu ne me parles pas ?

— Personne ne m'a rien dit. Si j'étais toi, je laisserais Sister et Miriam tranquilles un moment.

— C'est ce que j'ai fait, protesta Oscar. Maintenant, j'aimerais savoir combien de temps ce "moment" va encore durer. Tu le sais ?

— Non.

— Donc, je vais devoir aller les voir. »

Elinor n'essaya pas de le faire changer d'avis, si bien que, cet après-midi-là, Oscar frappa à la porte de la maison de sa fille. Sister le fit entrer. Il n'était pas venu depuis cinq ans.

« Sister, est-ce que je peux parler à Miriam ?

— Bien sûr. Je vais aller la chercher à l'étage. »

Quelques minutes plus tard, Miriam descendit seule.

« Bonjour Oscar », le salua-t-elle, prenant soin de ne pas dire « papa ».

« Bonjour ma puce. Je suis venu car il y a deux, trois choses dont on devrait parler.

— Très bien », répondit-elle en s'installant sur le siège à bascule en acajou que sa grand-mère avait si souvent occupé. Oscar prit place au coin du canapé bleu, où on l'avait si souvent assis enfant.

« Miriam, ma chérie, commença Oscar, ta mère et moi avons besoin de savoir ce que tu vas devenir.

— Comment ça ?

— On veut savoir où tu vas aller et ce que tu vas faire, maintenant que maman est morte.

— Je ne vais rien faire du tout, répondit calmement Miriam. Je ne vais aller nulle part.

— Tu ne veux pas venir habiter avec ta mère, Frances et moi ?

— Non. J'ai ma chambre ici, je ne veux pas partir.

— Chez nous aussi tu auras ta chambre. Elinor dit que tu peux t'installer dans la chambre d'ami.

— Je ne veux pas de cette chambre, ni d'aucune autre. Je veux rester ici. Dans *ma* maison. Grand-mère me l'a donnée parce qu'elle voulait que j'y vive. Et c'est exactement ce que je vais faire.

— Qu'est-ce qui va se passer quand Sister va rentrer à Chattanooga ? Que vont penser les habitants de la ville quand ils apprendront que je laisse une jeune fille de seize ans habiter seule dans une maison aussi grande ?

— Qu'ils pensent ce qu'ils veulent, répliqua Miriam. Qu'est-ce que ça peut me faire, ce que les gens pensent ? Je n'ai aucune intention de partir, et personne ne m'y obligera.

— Ta mère et moi pourrions t'y forcer. Nous sommes tes parents. »

Miriam regarda son père droit dans les yeux.

« Oui, vous pourriez peut-être m'y forcer. Vous pourriez me maintenir attachée sur le lit. Vous pourriez me nourrir de force.

— Tu ne veux vraiment pas habiter avec nous ? fit Oscar d'une voix plaintive.

— Évidemment que non.

— Pourquoi ?

— Vous n'avez pas voulu de moi à ma naissance. Maintenant, c'est trop tard. »

Oscar en resta muet de stupeur.

« Mais… c'était il y a… seize ans, ma chérie ! s'écria-t-il lorsqu'il se fut remis. Et puis maman voulait une petite fille pour elle. Tu ne regrettes quand même pas qu'on t'ait confiée à elle ? »

Miriam ne jugea pas opportun de répondre.

« Tu n'es quand même pas fâchée après toutes ces années ? Tu sais combien ta grand-mère t'aimait. Est-ce que tu n'as pas été heureuse avec Sister et maman ? On ne t'aurait jamais laissée avec elles si on n'avait pas été sûrs que tu sois heureuse ! »

Le visage impassible, Miriam continuait à dévisager son père sans rien dire.

« Miriam, tu n'as que seize ans. Tu ne peux pas me dire quoi faire et t'attendre à ce que j'obéisse, fit Oscar sans grande conviction.

— Je n'essaie pas de te dire quoi faire, Oscar. Je t'informe juste de ce que je ne ferai *pas*. Et ce que je ne ferai *pas*, c'est quitter cette maison, du moins pas de mon plein gré. Tu peux aller chercher Monsieur Key et me faire mettre en prison pour ne pas t'avoir obéi, ou alors tu peux dire à Zaddie de me ligoter avec la corde à linge, me fourrer dans un sac en toile et me transporter chez vous… C'est la seule façon que tu trouveras pour me faire entrer dans cette maison.

— Ma chérie, tu n'imagines pas la peine que ça me fait d'entendre des choses pareilles ! »

Miriam ne dit rien.

« Je vais envoyer Elinor te parler. Peut-être qu'elle arrivera à te raisonner. La mort de maman t'a tellement bouleversée que tu n'as plus les idées claires.

— Si Elinor vient ici…

— Oui ?

— … dis-lui de rapporter les bagues qu'elle a volées à grand-mère. Autrement, je ne la recevrai pas. »

Oscar s'enfonça un peu plus dans le coin du canapé bleu où, enfant, on l'avait si souvent forcé à s'asseoir pour écouter les remontrances de sa mère. Il regarda Miriam comme il avait regardé Mary-Love en ces temps anciens. Sa fille, quasiment une inconnue pour lui, ressemblait tant à sa propre mère. Pour la première fois, il comprit que Miriam entretenait autant d'animosité envers Elinor que Mary-Love en avait eu. Il ignorait ce qui allait résulter de tout ceci, mais il sut que Miriam ne viendrait jamais habiter avec eux.

Elle continuait à se balancer paresseusement sous la lueur rougeâtre de la lampe, son épaisse chevelure soigneusement brossée lui couvrant partiellement le visage et masquant son expression. Cette discussion à propos de son avenir ne paraissait pas vraiment la concerner. On aurait dit qu'elle dissimulait poliment son impatience face à ce père venu lui parler d'on ne sait quoi.

En voyant l'attitude de sa fille, Oscar décida de ne rien dire de plus. Elle n'avait peut-être que seize ans, mais Oscar sut qu'elle obtiendrait ce qu'elle voulait. Il se demanda si Elinor avait bien pris la mesure de la détermination de Miriam à prendre la place de sa grand-mère.

L'ÉTROIT COULOIR

Sister demeura tout l'hiver à Perdido. Les mauvaises langues jasèrent quant aux raisons l'ayant poussée à délaisser ainsi son époux. Early Haskew passa Noël avec elle, mais sa visite fut de courte durée. Au Nouvel An, il était déjà reparti. Les habitants et les Caskey – y compris Miriam elle-même – en déduisirent que Sister ne restait que pour sa nièce. Chacun pensa qu'elle sacrifiait son mariage à cause du caprice de cette enfant gâtée. Elle s'était résignée à vivre dans une maison frappée par le deuil uniquement parce que Miriam Caskey refusait d'emménager à quelques mètres de là, chez ses parents.

Bien évidemment, personne ne dit mot de tout cela à Sister. Personne n'en avait le droit. Sister était libre de détruire son mariage pour le bien de sa nièce, de la même façon qu'elle avait choisi de se marier contre l'avis de sa mère.

Si Sister restait à Perdido, ce n'était pas pour le bien-être de Miriam, mais pour le sien. Elle préférait mettre sa conduite sur le compte du sacrifice plutôt que d'admettre – même devant les membres de sa famille – qu'elle s'était trompée sur le choix de son époux.

En treize ans de mariage, Early Haskew était devenu de plus en plus grossier. Au moment de lui faire la cour, lorsqu'il avait été l'invité de Mary-Love, dans sa belle et riche demeure, il avait montré son visage le plus civil. Une fois que Sister et lui s'étaient mariés, qu'ils avaient quitté Perdido et vécu sur son maigre salaire, ses manières frustes avaient repris le dessus. Il chiquait du tabac, un vice que Sister méprisait autant que Miriam, quoiqu'elle ne l'eût jamais admis. Et puis elle ne s'était jamais habituée à le voir manger ses pois avec un couteau. Sa maladresse compulsive s'était détériorée en négligence. Son corps était devenu gras et mou. Il prenait un petit pain, le trouait de son index avant de le fourrer de mélasse. Puis il avalait le tout d'une seule bouchée. Ses taies d'oreiller sentaient l'huile rance qu'il appliquait sur ses cheveux.

Ses amis étaient encore plus rustres que lui, au point que Sister leur interdisait d'entrer chez elle et qu'elle les forçait à rester sous le porche. Early et elle vivaient dans un quartier miteux de Chattanooga et ne pouvaient se payer qu'une domestique pour laver le linge. Sister devait faire elle-même le repassage. Un jour, en rentrant de chez l'épicier, elle avait découvert Early et deux copains à lui qui installaient un distributeur de Coca-Cola sous le porche.

Early avait une passion pour les pit-bulls de combat, et rien ne comptait davantage que ces foutus chiens – c'est ainsi et pas autrement que Sister les appelait en secret. Il la forçait à se lever deux fois par nuit pour nourrir les chiots au biberon. Quand les chiens ne mangeaient pas, ils jappaient, si bien que Sister ne trouvait jamais un moment pour dormir. La vulgarité de son mari avait fini par avoir raison d'elle. À présent qu'elle était à Perdido, c'était de devoir sans cesse le défendre contre une telle accusation qui la fatiguait.

Lorsqu'elle avait hérité, elle s'était d'abord imaginé retourner dans le Tennessee et acquérir une jolie maison, acheter de nouveaux costumes à Early et l'encourager à laisser tomber ses bons à rien d'amis ainsi que ses passe-temps d'un goût douteux afin de le hisser à un rang digne du sien. Elle ne doutait pas que ce soit possible, mais la tâche l'épuisait d'avance. Early était trop ancré dans ses mauvaises habitudes, trop fidèle à son extraction populaire. Le vrai Early Haskew, pensait Sister, était celui qui allait et venait torse nu dans la maison et dressait des chiots à coups de trique et de morceaux de viande pour qu'ils deviennent féroces. C'était celui qui chiquait du tabac et ronflait à réveiller les morts. L'homme qu'elle avait rencontré en 1922 et épousé ensuite n'avait été qu'un embryon pris dans une courte et trompeuse étape de sa transformation, à l'image de ses chiots qui bientôt se mueraient en bêtes cruelles et sanguinaires.

Mary-Love, se souvenait Sister, avait prédit ce changement et tenté de l'en avertir. Elle-même aurait pu s'en douter, car les rues de Perdido étaient pleines d'hommes comme lui. Elle s'était mariée autant pour défier sa mère que par attirance pour Early. L'attirance s'était vite étiolée tandis que le besoin de défiance avait perduré jusqu'au décès de Mary-Love – moment où il s'était brusquement volatilisé. Et avec lui, les seules bonnes raisons qu'avait Sister de retourner dans son modeste pavillon d'un quartier minable de Chattanooga, auprès des bébés pit-bulls et d'Early Haskew.

Le souhait de Miriam qu'elle reste habiter avec elle lui avait servi d'excuse pour ne pas retourner dans le Tennessee. En dissimulant ainsi son véritable motif, elle se montrait plus habile que sa mère ne l'avait jamais été. Tout le monde pensait qu'elle sacrifiait son bonheur au profit de celui de sa nièce ; personne ne soupçonnait qu'elle redoutait au contraire le jour où Miriam s'en irait à l'université ou se marierait. Car alors, Sister serait obligée d'avouer au reste du monde son dégoût pour son mari.

Bien que libérée depuis à peine quelques mois de son lit et de sa chaise roulante, Frances ne se souvenait que vaguement de ses trois ans d'infirmité – une parenthèse brumeuse, pesante et floue, passée comme en apnée. Elle avait grandi – peu, c'est vrai –, mais suffisamment pour se sentir mal à l'aise dans son corps. Avant cette époque terrible elle avait été une enfant, tenaillée par des peurs d'enfant. Désormais, c'était quasiment une adulte, et ses peurs enfantines étaient derrière elle.

La nuit de leur retour de Chicago, et alors que Mary-Love reposait dans son cercueil dans le grand salon, Frances dormit dans sa chambre. Elinor et Oscar avaient cru que leur fille serait terrorisée à l'idée de dormir dans la même maison qu'une morte, mais Frances leur avait assuré qu'elle n'aurait pas besoin de passer la nuit chez Queenie ou chez James. Ce n'était pas parce qu'elle s'était débarrassée de sa peur, mais parce qu'elle voulait en mettre les derniers vestiges à l'épreuve. Frances n'avait pas été le moins du monde surprise que sa grand-mère soit morte dans la chambre d'ami.

Après l'enterrement, tandis que Zaddie l'aidait à défaire ses valises et à ranger tous les menus trésors que James et Queenie lui avaient achetés pendant le séjour, Frances ne perçut aucune altération dans l'atmosphère de la maison, malgré la présence d'un cadavre dans la pièce juste en dessous. « Grand-mère est morte dans la chambre à côté », songea-t-elle sans trembler. Elle huma l'air, sans détecter la moindre odeur de mort ou de sa propre frayeur. Elle alla se camper dans le couloir et examina de loin la porte de la chambre d'ami. La peur ne venait toujours pas. Elle s'approcha et toucha timidement la poignée – aucune décharge électrique, aucune terreur.

Elle tourna la poignée et poussa la porte. Le battant s'ouvrit, et Frances resta ainsi sur le seuil, sans rien ressentir du tout.

Elle scruta la chambre et renifla. Rien excepté la lavande séchée que l'on avait placée dans un bol à côté du lit.

Enhardie, elle s'avança suffisamment dans la chambre pour pouvoir refermer derrière elle.

Elle regarda la porte de la penderie. « Maman dit que grand-mère est morte de la fièvre, pensa-t-elle. Sister dit que grand-mère aurait survécu si papa l'avait mise à l'hôpital. Moi je sais que ce qui a tué grand-mère, c'est ce qui vit là-dedans. »

La porte de la penderie ne s'ouvrit pas. Frances ne mourut pas.

« J'ai quinze ans, dit-elle à voix haute. Et je n'ai pas peur des penderies remplies de plumes, de fourrures et de cuir. »

Les mois passèrent, et Frances fêta ses seize ans. Elle n'avait jamais été proche de sa grand-mère, qui ne lui avait pas rendu une seule visite au cours de sa maladie. Elle songeait rarement à elle, allant parfois jusqu'à oublier, lorsqu'elle regardait par la fenêtre de sa chambre en direction de la maison de Mary-Love, que celle-ci était morte l'été précédent. Comme elle l'avait fait enfant, il lui arrivait encore de vérifier si sa grand-mère était à sa place habituelle, sur son siège à bascule.

Un tailleur de pierre italien à Mobile avait gravé la stèle funéraire de Mary-Love dans du marbre de Géorgie. On l'érigea sept mois après son décès. Tous les Caskey assistèrent à la cérémonie, brève et informelle. Miriam, Queenie et Frances y déposèrent des fleurs. Une fois de plus, Frances songea : « Grand-mère est morte dans la chambre d'ami. »

Cette nuit-là, elle s'endormit d'un coup et aucun rêve ne vint troubler son sommeil. Peu après, elle se réveilla également d'un coup. Non à cause d'un bruit, mais avec le sentiment que quelque chose n'allait vraiment pas.

Sa chambre était nimbée d'une faible lumière blanc-bleu. Elle brillait à travers la fenêtre, comme si un lampadaire avait été installé près de la maison de feu sa grand-mère. Les yeux rivés sur les voilages blancs, Frances se demandait terrifiée d'où pouvait provenir cette étrange lueur. Elle n'osait pas se lever pour regarder. Elle se tourna vers l'autre fenêtre, celle qui ouvrait sur la véranda. Cette dernière également était éclairée par la lumière, quoique pas aussi fort.

Soudain, avec un sursaut de peur, elle se rappela la lumière qui, la nuit où Carl Strickland leur avait tiré dessus depuis la digue, avait empli la penderie puis la chambre d'ami où elle dormait à l'époque. Frances était alors toute jeune ; le souvenir des incidents qui avaient eu lieu avant sa longue période de maladie était flou, comme sorti d'un rêve. Mais elle se rappelait très bien cette lumière. Ça n'avait pas été un rêve. Ce n'en était pas à présent.

Néanmoins, ce n'était pas la lumière surnaturelle qui lui glaçait le sang. Sans que Frances ne le veuille, sa tête se tourna vers la porte de l'étroit couloir qui reliait sa chambre à la chambre d'ami. Elle sut que quelque chose était parvenu à se glisser dans ce passage exigu et fermé. C'était là, et ce n'était pas une personne. Ce n'était pas sa mère. Ce n'était pas son père. Ce n'était pas Zaddie. Quoi qu'ait pu être ce qui vivait et se cachait dans la penderie, c'en était sorti et avait erré dans la chambre d'ami, avait ouvert la porte du passage et s'y était glissé. À présent, ça attendait de l'autre côté de la porte.

Ce n'était pas le fantôme de sa grand-mère, mais Frances savait que c'était lié à la stèle funéraire en marbre qui avait été érigée sur sa tombe.

Terrifiée, elle n'osait pas bouger. Ses pieds et ses mains semblaient à nouveau en proie à la paralysie de l'arthrite. Elle essaya d'imaginer à quoi ressemblait la chose de l'autre côté de la porte, mais en vain. Elle savait que c'était de la couleur de la lumière dehors, et que si elle tournait à nouveau la tête vers la porte, cette même lumière brillerait par la fente en dessous. Voilà d'où venait la lueur à l'extérieur. La chambre d'ami était à ce point illuminée que ça sortait par les fenêtres ; c'est ce que Frances voyait à travers les rideaux ondoyants de sa propre chambre. Le passage entre les deux pièces était encore plus lumineux, parce que, quoi que ça puisse être, c'était là, derrière le battant. Frances n'arrivait pas à donner un contour défini à cette chose, car celle-ci allait et venait au gré de l'imagination incontrôlée de la jeune fille. Elle songea à un petit garçon vêtu d'une salopette aux poches pleines et saillantes. Elle songea à un bossu accroupi, la bouche béante. À une femme séduisante au large sourire, le cou ceint de perles noires, une main portant un gâteau sur un plateau. Les images se diluaient les unes dans les autres, et parmi elles surnageaient d'autres choses, d'autres formes qu'elle ne parvenait pas à identifier : poissonneuses, batraciennes, serpentines, des choses aux yeux protubérants, aux mains palmées et à la peau luisante et caoutchouteuse. Des visions qui défilaient telles des ombres par la vitre d'un train traversant une forêt baignée de soleil. Frances resta allongée les yeux fermés pendant elle ne savait combien de temps.

Avec l'espoir que sa terreur ne soit que le fruit de son esprit, elle s'efforça de penser à autre chose.

Sans être près de s'endormir, elle était néanmoins aux portes du rêve. Dans ce demi-sommeil, elle commença à se rappeler les années de sa maladie. C'était il n'y avait pas si longtemps, mais les souvenirs de cette période enfouie s'apparentaient à ceux de l'enfance, ou aux bribes fugaces d'une autre existence. Alors qu'elle se laissait dériver les yeux clos dans une tentative d'oblitérer ce qui était dans le corridor, elle se rappela soudain deux choses à propos de sa maladie, l'une d'elles impossible, l'autre, improbable.

Le premier souvenir – impossible – concernait les trois bains quotidiens qu'on lui avait administrés. En d'autres temps, plus conscients, elle avait été capable de se remémorer le moment où sa mère la sortait de l'eau en la soulevant. Mais à présent – et la réminiscence qu'elle en gardait était précise et vivace malgré son impossibilité – elle était convaincue que durant ces bains elle avait été *entièrement submergée* dans l'eau, y compris la tête, durant cinq ou six heures par jour.

Le second souvenir – improbable – était celui d'un enfant, un petit garçon qui lui tenait compagnie la nuit pendant que sa mère dormait. Il était plus jeune que Malcolm, mais plus âgé que Danjo. Il était pâle et malheureux, et ne cessait de tirer Frances par le bras pour qu'elle joue avec lui. Elle ne se rappelait jamais comment il arrivait à se faufiler dans sa chambre, mais savait qu'à son départ, il disparaissait toujours par le passage qui reliait sa chambre à la chambre d'ami.

« C'est lui qui se trouve là-derrière à cet instant », pensa-t-elle.

Elle ouvrit soudain les yeux et regarda la porte. Les mots étaient déjà sur ses lèvres, et elle les prononça mécaniquement, sans même se rendre compte qu'elle avait parlé : « Entre, John Robert. »

Elle ne connaissait pas de John Robert.

Il y eut un changement derrière la porte, une sorte de tressaillement ou de frisson.

Jusque-là, la chose dans le corridor était restée immobile malgré ses variations de formes et d'aspects qui, Frances le savait à présent, n'étaient le produit que de son propre esprit. Mais, désormais, la présence de l'autre côté tendait son bras vers la poignée.

Sautant hors du lit, Frances courut, passant devant les rideaux teintés d'une lueur blanc-bleu et brassés par le vent, et se jeta de tout son poids contre la porte du passage.

« Non ! cria-t-elle. Je ne veux pas de toi ! »

La lumière qui filtrait sous la porte illuminait ses pieds. Elle tourna la clé dans la serrure et recula d'un bond, les yeux clos.

Lorsqu'elle les rouvrit, la lumière avait disparu. Sa chambre était plongée dans le noir. Elle alla à la fenêtre et regarda dehors. Tout était noir et silencieux. Les rideaux balayaient son visage.

Elle se remit au lit. Il n'y avait rien dans le passage. Elle s'endormit sans même se demander si elle en serait capable.

Lorsqu'elle se réveilla au matin, Frances sut que ce qu'elle avait vu et senti n'avait pas été un rêve nourri par l'excitation funeste de la journée. Frances sut sans l'ombre d'un doute que ce qui auparavant avait été confiné dans la penderie biscornue, était désormais autorisé à aller et venir à sa guise. Cependant, le plus terrifiant était sa certitude qu'un jour elle répéterait ces mots : « Entre, John Robert », mais qu'elle ne parviendrait pas à verrouiller la porte à temps.

Table

Résumé 5
Miriam et Frances 11
Les Pièces dans la poche de Queenie 25
Danjo 41
Déplacements 57
Fermée ou non ? 73
Le Sac en toile 85
Cas de conscience 99
Le Test 109
À la source de la rivière 121
À l'étage 141
Le Nectar 155
La Porte de la penderie s'ouvre 175
La Couronne mortuaire 195
L'Héritière de Mary-Love 209
L'Étroit couloir 227

LA MAISON EST LE TROISIÈME VOLUME DE LA SÉRIE BLACKWATER. IL A ÉTÉ ACHEVÉ D'IMPRIMER LE 17 NOVEMBRE 2022 ET PORTE LE NUMÉRO 171795. IL MESURE 108 SUR 165 MILLIMÈTRES, COMPTE 240 PAGES ET CONTIENT QUELQUES MILLIERS DE BRIS DE VERRE.

LES COUVERTURES DES SIX VOLUMES DE L'ÉPIQUE SAGA DE LA FAMILLE CASKEY ONT ÉTÉ DESSINÉES PAR PEDRO OYARBIDE, SOUS LA DIRECTION DE MONSIEUR TOUSSAINT LOUVERTURE, DANS L'IDÉE DE LEUR DONNER UN ASPECT QUI, TOUT EN S'INSCRIVANT DANS LE TEMPS, PARVIENDRAIT À LUI ÉCHAPPER. CHACUNE DE CES COUVERTURES A ÉTÉ PATIEMMENT MANUFACTURÉE PAR PRINT SYSTEM À BÈGLES, EN GIRONDE, SOUS L'ÉGIDE DE MÉLANIE FRANCA ET DE JEAN-PIERRE CHAMPMONT.

CE TRAVAIL COLLECTIF, ARTISANAL ET UN PEU FANTASMATIQUE A ÉTÉ EFFECTUÉ SUR UN PAPIER POP'SET GALET DE 240 G/M².

LES COUVERTURES ONT D'ABORD ÉTÉ PASSÉES SOUS LES ENCRES D'UNE PRESSE OFFSET AVANT D'ÊTRE DORÉES À CHAUD À DEUX REPRISES (D'UN COLORIT NOIR PIGMENTÉ SUIVI D'UNE DORURE CHAMPAGNE), PUIS ENFIN EMBOSSÉES. TOUT CECI POUR QUE LEURS FORMES ET LEURS OMBRES CAPTENT LA LUMIÈRE ET MARQUENT LES ESPRITS.

L'IMPRESSION DES BLOCS INTÉRIEURS ET LA RELIURE ONT ÉTÉ ASSURÉES PAR L'IMPRIMERIE CPI FIRMIN-DIDOT À MESNIL-SUR-L'ESTRÉE, DANS L'EURE. LA POLICE UTILISÉE EST DU SABON CRÉÉE PAR JAN TSCHICHOLD.

CE PROJET ÉDITORIAL A ÉTÉ RÊVÉ ET RÉALISÉ PAR MONSIEUR TOUSSAINT LOUVERTURE, ÉPAULÉ DE SON DIFFUSEUR & DISTRIBUTEUR HARMONIA MUNDI LIVRE, DE NADIA AHMANE, DU BUREAU VIRGINIE MIGEOTTE ET DE SYLVIE CHABROUX.